유리 인형

유리 인형

초판 1쇄 인쇄 | 2018년 8월 23일
초판 1쇄 발행 | 2018년 8월 30일

지은이 | 양국일 · 양국명
펴낸이 | 박영욱
펴낸곳 | 북오션

편　집 | 허현자 · 하진수
마케팅 | 최석진
디자인 | 서정희 · 민영선
Cover image assistant | 박현빈

주　소 | 서울시 마포구 월드컵로 14길 62
이메일 | bookocean@naver.com
네이버포스트 | m.post.naver.com ('북오션' 검색)
전　화 | 편집문의: 02-325-9172　　영업문의: 02-322-6709
팩　스 | 02-3143-3964

출판신고번호 | 제313-2007-000197호

ISBN 978-89-6799-388-7 (03810)

이 도서의 국립중앙도서관 출판예정도서목록(CIP)은 서지정보유통지원시스템
홈페이지(http://seoji.nl.go.kr)와 국가자료공동목록시스템
(http://www.nl.go.kr/kolisnet)에서 이용하실 수 있습니다.
(CIP제어번호: CIP2018023513)

양국일 · 양국명 공포소설

유리 인형

북오션
콘텐츠그룹

13일의 금요일이 되면 언제나 영화 〈13일의 금요일〉을 보곤 했다. 고등학교 1학년 무렵부터 거의 20년 가까이 그렇게 해 왔다. 시리즈를 모두 합하여 100번 이상 본 것 같다. 특히 수작으로 평가받는 1탄, 4탄은 몇 번이나 봤는지 헤아릴 수도 없다.

〈13일의 금요일〉을 유난히 좋아했던 이유는 따로 있다. 신문에 난 영화 포스터가 어린 나에게 충격적이면서도 흥미롭게 다가왔기 때문이다.

공포영화의 대부!
당신은 이 공포를 피할 자신이 없다!

'불랙 후라이데이'라는 촌스 런 제목으로 개봉한 〈13일의 금요일〉 4탄의 포스터 문구다. 지금 보면 유치하기 이를 데 없지만 당시에는 이 문구들이 내 호기심을 극도로 자극했다. 또 이런 문구도 기억난다.

이·이상한 공포영화는 두 번 다시없다!

도대체 어떤 영화이기에 이런 말이 붙은 걸까? 나는 한마디로 이 영화에 홀리고 말았다. 포스터 속의 무시무시한 스틸 컷이나 기괴한 문구들이 온통 내 마음을 사로잡았으며, 머릿속에서는 멋대로 이 영화에 대한 공포와 환상이 커져갔다. 그때 나는 고작 초등학교 1, 2학년 정도였다. 그 어린 시절부터 만화영화보다 공포영화를 더 좋아했다. 엄마와 함께 모처럼 극장을 찾았는데 소복 귀신 셋이 나란히 서 있는 〈향전〉이라는 공포영화가 금일 프로가 아니라 다음 프로로 걸려 있는 걸 보고 원통해 했던 기억도 난다. 마찬가지로 〈13일의 금요일〉 포스터 한 귀퉁이에 박혀 있는 '미성년자 관람불가'라는 글귀가 참으로 야속하게 느껴졌다. 더욱 야속한 것은 '미성년자 관람불가'가 아니라고 하더라도 어린 나에게는 영화를 볼 돈이 없다는 것이었다. 엄마와의 극장 나들이는 많아야 일 년에 두세 번이었고, 그 시기는 내가 정할 수 있는 게 아니었다.

중학생이 되어 어느 3류 극장에서 〈13일의 금요일〉 1탄이 상영 중인 사실을 알게 되었을 때 무척 흥분되고 기뻤다. 그때까지 머릿속에서 울창하게 자라나고 있던 공포와 환상의 실체를 이번에는 기필코 확인해야겠다고 다짐했다. 상영 마지막 날 간신히 돈을 구했고, 영화를 보기 위해 마침내 극장 앞까지 갔다. 하지만 매표소 앞에서 발길을 돌려야 했다. 매표소 앞에 걸린 붉은 글씨의 '미성년자 관람불가'라는 팻말이 여전히 부담스러웠던 것이다. 그 팻말을 오랫동안 바라보고 있다가 끝내 돌아서고 말았다. 이마에서 피를 흘리고 있는 여자의 그림이 그려진 극장 간판을 아쉬운 눈길로 올려다보며, '이 이상한 공포영화는 두 번 다시없다'라는 포스터 문구를 몇 번이고 되 뇌며, 그렇게 〈13일의 금요일〉을 눈앞에서 떠나보내고 만 것 이다.

결국 극장에서는 〈13일의 금요일〉 시리즈를 한 편도 감상하 지 못했다. 이후 나는 비디오나 VOD 등으로 〈13일의 금요일〉 을 무수히 감상했다. 어린 시절 극장에서 감상하지 못했던 한 을 그렇게라도 풀려는 듯이……. 하지만 어린 시절 머릿속에 서 멋대로 커져버린 공포와 환상을 충족시켜주지는 못했다.

〈13일의 금요일〉 이야기를 하는 이유는 내가 공포소설을 쓰 는 하나의 이유에 대해 말하기 위해서다. 극장에서 보지 못했던 〈13일의 금요일〉에 대한 어린 시절 내 안타까운 열망과 멋대로 자라나 부풀어진 환상이 문득문득 공포소설 속에서 발현되곤 한다. 보고 싶었지만 끝내 보지 못했던 '그것'에 대한 공포와 환상을 소설 속에서라도 구현해내 독자들에게 보여주고 싶은 것이다. 그때 그 영화를 극장에서 봤다면 아마도 이런 느낌이었을 거야. 이 정도로 무섭고, 이 정도로 재미있었을 거야, 라고 독자들에게 전해주고 싶은 것이다.

나는 보지 못했지만 당신은 볼 수 있다. 마음의 각오를 단단히 한 후 책장을 열면, '두 번 다시없는 이상한' 공포와 환상 속으로 언제든 빠져들 수 있는 것이다. 당신이 비록 미성년자라 할지라도 상관없이 말이다.

올 여름 《지옥 인형》에 이어 《유리 인형》까지 출간하게 되는 기쁨을 맛보았다.

《지옥 인형》에 미처 실리지 못했던, '인형'과 '되살아난 시체'를 테마로 한 또 다른 이야기들이 《유리 인형》에서 펼쳐질 것이다. 언제나처럼 최선을 다한 결과물이며, 더 많은 이에게 읽히길 바라는 마음도 크다.

연일 계속되는 폭염과 열대야로 지치고 피곤한 이들에게 이 책이 잠시나마 더위를 잊게 해주는 청량제가 될 수 있었으면 좋겠다.

차례

망령(亡靈)의
귀환

1

"최 중사님, 오랜만입니다."

오승태가 나를 찾아왔다. 하교하는 중학생 무리까지 우르르 떠나고, 텅 빈 거리에 주홍빛 석양이 내려앉을 무렵이었다. 오랜 가뭄과 작열하는 폭양으로 농작물이 말라죽고, 연일 열사병 환자가 속출하던 무더운 여름날이었다.

"오 중사구나."

셔츠자락으로 눈가의 땀을 닦으며 오승태의 시선을 슬쩍 피했다.

"나 여기 있는 건 어떻게 알았어?"

"최 중사님이 예전에 알려주신 번호로 전화를 걸었더니 어머니께서 받으셔서 여길 알려주시던데요."

"그렇군."

손바닥으로 다시 땀을 훔치며 곁눈질로 오승태를 살폈다. 몰라보게 외모가 달라져 있었다. 우선 체중이 크게 줄었으며 얼굴도 병자처럼 창백했고, 움푹 들어간 뺨 위로 광대뼈가 흉하게 돌출해 있었다. 15년 전에도 건장한 체구는 아니었지만 지금 같은 몰골은 아니었다. 15년 전의 오승태는 25킬로그램이 넘는 군장과 소총을 거뜬히 메고 베트남의 정글을 누비던 강건한 군인이었다.

"근데 여긴 어쩐 일이야?"

"최 중사님 뵈려고 왔죠."

오승태가 광대뼈를 더욱 돌출시키며 안면에 미소를 지었다. 나는 오승태가 반갑지 않았다. 오승태뿐만 아니라 무렵에는 알고 지냈던 누구와도 대면하고 싶지 않았다. 그때 나는 서른아홉 살이었고, 리어카를 끌고 학교 앞을 전전하며 번데기를 팔고 있었던 것이다.

"장사는 잘되세요?"

오승태는 예전부터 나를 번데기 장수로 알고 있었던 것처럼 내 행색에 대해서 조금도 놀라는 눈치를 보이지 않았다.

"뭐, 그냥 그렇지…… 그런데 너 무슨 일로 나를……."

나는 오승태가 얼른 용건을 털어놓고 돌아가 주길 바랐다. 아니, 그 용건이라는 것도 사실 듣고 싶지 않았다. 번데기 하나도 팔아주지 않는 녀석의 용건 따위를 내가 왜 듣고 있어야 한단 말인가.

"저…… 최 중사님께 부탁이 있어서요."

"부탁이라니? 무슨 부탁?"

안면을 한껏 찡그리며 노골적으로 싫은 내색을 보였다. 15년 만에 갑자기 나타나서 뭔가를 부탁하겠다는 녀석의 몰염치가 뻔뻔스럽고 불쾌했다.

"설마 돈 부탁은 아니겠지? 그런 거라면 번지수를 잘못 찾았어."

"그런 게 아니라…… 저…… 사실은……."

몇 번이나 뜸을 들이며 주저한 끝에 녀석의 입에서 나온 말은 전혀 상상도 못했던 것이었다.

"아베 중사님을 봤어요."

덤불숲에 박혀서 나를 노려보던 아베의 피투성이 얼굴이 떠올랐다. 온몸에서 피를 철철 흘리며 악착같이 나를 쫓아오던 아베 중사.

주변 공기가 갑자기 차갑게 느껴지며 축축하게 젖은 셔츠에서 한기가 돌았다. 피투성이의 아베가 소리 없이 등 뒤까지 와 있는 것만 같았다. 나는 헛기침을 몇 번 하며 겨우 냉정을 유지할 수 있었다.

"그러니까 꿈에서 봤다는 거야?"

"아니요. 꿈이 아니었습니다. 실제였어요. 생생한⋯⋯."

한숨이 절로 나왔다. 둘 중 하나였다. 오승태가 나를 놀리고 있던가, 미쳤던가. 어떤 상황이든 나로서는 유쾌할 게 없었다. 녀석의 면상에다가 뜨거운 번데기 국물이라도 끼얹고 싶은 심정이었다.

"지금은 바쁘니까 그만 돌아가 줄래? 나중에 다시 연락을 하지."

오승태는 들은 척도 않았다. 김이 모락모락 오르는 번데기 국물을 한 컵 떠서 후룩후룩 마시고 있을 뿐이었다. 그날 장사는 그걸로 끝이었다. 사실 학생들의 하교 시간이 지나면 파장 준비를 해야 했다.

리어카를 정리하고 오승태와 함께 단골 국밥집으로 갔다. 물론 녀석이 마음에 들어서 데리고 간 것은 아니었다. 리어카를 끌고 집으로 돌아가려는데 녀석이 뒤를 밀어주며 따라붙은 것이었다.

"번데기 장사는 언제부터 하셨어요?"

공깃밥까지 추가하여 허겁지겁 식사를 마친 후에야 오승태의 얼굴 위로 약간의 핏기가 돌았다. 목소리에서도 제법 여유가 느껴졌다.

"한 1년 됐어. 마땅한 학력도, 기술도 없이 서른 넘어가니까 취직이 안 되잖아. 참전 군인이라는 것도 아무짝에 쓸모없는 명함이 되어 버렸고, 밑천이 없다 보니 마땅한 사업을 할 수 있는 처지도 아니고…… 리어카 끌면서 하는 장사 말고는 결국할 게 없더군."

"그래도 번데기 장사 같은 건 좀 늙수그레한 할아버지들이하는 거 아닌가요?"

"이 친구가 배를 덜 곯았나? 장사하는 데 연령 같은 게 어디있나? 닥치면 누구나 하는 거지. 그러는 넌 뭐하고 지내?"

"아, 저는 뭐 지금도 책이나 보면서 지내고 있어요."

"직업이 없다는 거야?"

"그냥 책 보는 게 일이에요."

만판 노는 백수 녀석이 남의 직업을 두고 이러쿵저러쿵 떠들긴.

"결혼은 하셨어요?"

나는 일부러 담배를 찾는 척하며 시간을 끌었다. 누구에게나대답하고 싶지 않은 질문이 몇 개쯤은 있는 것이다.

"음…… 아직. 기회는 있었는데 어쩌다 보니 잘 안 됐어."

담배에 불을 붙이며 간신히 대답했다.

"너는……?"

"저는 뭐 결혼도 하고, 이혼도 하고……."

그렇게 말하며 오승태는 쓴웃음을 지었다. 웃을 때마다 광대뼈가 바위처럼 돌출되는 모습이 눈에 거슬렸다.

고개를 돌리고 담배연기를 길게 내뿜었다. 나도 그렇고 오승태도 그렇고 우리 모습은 낙오자나 다름없었다. 결혼에도 실패하고, 하는 일도 변변찮은 인생의 실패자들. 탄띠를 둘러메고 베트남의 정글을 누비던 청춘의 시절은 끝난 것이다. 전역할 때 받은 적지 않은 보상금도 먼 기억 속의 꿈처럼 흩어진 지 오래다. 전쟁이 가져다준 영화(榮華)는 유통기한이 길지 않았다. 나는 정확히 1년 반 만에 그 많던 돈을 다 써버리고 말았다. 그리고 이후 십수 년의 세월을 허덕이며 살아왔다. 오승태의 삶도 나와 크게 다르지 않아 보였다.

꽁초를 재떨이에 눌러 끄며 오승태를 슬쩍 쳐다봤는데, 녀석은 다시 안절부절 못하는 표정을 짓고 있었다.

"저…… 최 중사님."

오승태는 마른 침을 삼키며 입술을 핥았다. 성에로 뒤덮인 냉동고 바닥처럼 녀석의 얼굴 위로 형상을 가늠할 수 없는 고뇌와 공포가 두께를 더해가고 있었다.

"한번 보러 가지 않겠습니까?"

"뭘……?"

"아베 중사님 말입니다."

"야, 승태야. 너 정말……."

"최 중사님. 저 헛소리하는 거 아닙니다. 믿어주세요."

오승태의 목소리는 절박했고, 그 절박함에는 과연 거짓이 느껴지지 않았다. 예전부터 농담이나 허풍과는 거리가 먼 녀석이었다. 하지만 제정신 박힌 인간이라면 누구라도 녀석의 말을 믿을 수 없을 것이다.

"아베는 죽었어."

나는 단호한 목소리로 말했다.

"너도 잘 알잖아?"

"잘 알죠. 그러니까 미치겠다는 겁니다."

오승태는 목소리를 한껏 낮추고 말했다. 목소리가 작은 대신에 표정이 과장스러울 정도로 컸다.

"누구하고 상의할 수도 없어요. 정신병자 취급을 할 테니까요. 최 중사님을 찾아올 수밖에 없었어요. 최 중사님한테라도 털어놓지 않으면 정말로 미쳐버릴 것 같았어요."

새로운 담배 한 개비를 꺼내 물고 불을 붙였다. 금연을 시작하며 하루에 한 개비 이상 피지 않기로 결심했는데, 그 결심이 깨지는 순간이었다.

김아베 중사는 훈련단 시절부터 나와 막역했던 동기이자 친구였다. 천주교 집안의 외아들이었던 그는 아베라는 세례명을 본명으로 사용해서, 이름과 관련된 소소한 화젯거리가 늘 따라붙곤 했다. 아베는 뒤끝이 없는 화통한 성격에 유머가 넘치는 녀석이라 따르는 이가 많았다. 나와도 죽이 잘 맞았는데, 우리는 임관 후 같은 부대로 배속을 받아 항상 붙어 다녔다. 함께 술을 마시고 춤을 추러 다녔으며, 녀석의 여자 친구가 소개해준 여자와 한동안 뜨거운 연애 감정에 젖어들기도 했다. 중사로 진급한 후 우리는 베트남 파병을 지원했다. C130수송기를 타고 함께 사이공으로 날아갔으나, 1년 후 돌아오는 비행기 안에서 나는 혼자였다. 아베는 온몸이 수십 조각으로 잘려나간 시신이 되어 베트남 정글에 묻히고 말았다.

"일주일 전이었어요."

오승태는 아베의 목격담을 본격적으로 늘어놓기 시작했다. 듣고 싶지 않았으나 딴청을 피우려는 시선과는 반대로 청각은 주변의 미세한 소음마저 걸러내며 오승태의 이야기에 집중하고 있었다.

아베와 마찬가지로 오승태도 베트남에서 함께 활약했던 전우다. 오승태는 나보다 두 살 어렸고, 기수로는 세 기수 차이가 나는 하사관 후배였다. 나를 잘 따랐으나 친해지고 난 후에도 농담 같은 것을 주고받는 사이는 되지 않았다. 그는 침착하고 소심한 성격이었고, 말수도 적은 편이었다. 늘 한 손에 책을 쥐고 있었는데, 무슨 책을 그렇게 열심히 보냐고 물으면 자신은 활자중독이라 아무 책이라도 봐야 한다고 대꾸했다. 토속 신앙이나 미신, 부적, 심령과 관련된 책들을 특히 좋아했던 것 같다. 책과 함께 떠오르는 또 하나의 물건은 흙이 든 깡통이었다. 오승태는 진지를 이동할 때마다 그곳의 흙을 조금 떠서 빈 구두약 통에 담아 지니고 다녔는데, 그렇게 하면 베트남 땅의 지신(地神)이 자신을 보호하고 지켜준다는 것이었다.

전역 후 오승태는 베트남에서 모은 돈으로 동네 한 귀퉁이에 작은 서점을 열었다고 한다. 장사는 입에 풀칠할 정도밖에 되지 않았으나 원래부터 책에 관심이 많았던 오승태로서는 그보다 좋은 직업도 없었을 것이다.

"서점은 10년 넘게 하다가 결국 문을 닫아 버렸어요. 해가 갈수록 적자가 커지니 어쩔 수 없더라고요. 집사람과 헤어진 것도 그 무렵이었죠. 위자료는 필요 없으니 딸애를 데려가겠다고 하더군요. 그러라고 했죠."

역시 녀석도 나와 같은 낙오자가 되어 버린 것이다. 그 대목에서 나는 씁쓸한 안도감을 느꼈고, 그런 나 자신에게 다시 안도감만큼의 경멸을 느꼈다.

"폐점했지만 책들은 그대로 남아 있었죠. 몇 년 동안 아무 일도 안하고 그냥 남겨진 책들 사이에 파묻혀 하루하루를 책벌레처럼 지냈어요. 남들 눈에는 한심하게 보일 수도 있으나 저에게는 즐겁고 만족스러운 삶이었어요. 그 일이 있기 전까지는……."

녀석의 즐겁고 만족스런 삶 속으로 느닷없이 베트남의 원귀가 끼어든 것이다.

"그 날도 혼자서 간단히 저녁을 먹은 후 책 사이에 파묻혀서 꾸벅꾸벅 졸고 있었어요. 갑자기 싸늘한 한기가 느껴져서 눈을 떴죠. 실내에는 냉방 시설이 안 되어 있거든요. 선풍기 하나도 없어요. 좁은 창들을 모두 열어놔도 그런 한기가 들어올 수는 없었어요."

오승태는 이상하다 싶어 벗어 놓았던 셔츠를 걸치고 창문을 모두 닫았다고 한다. 하지만 역시 한기는 창을 통해 들어오는 것이 아니었다. 창을 닫자 더욱 짙어진 한기가 뱀처럼 오승태의 몸 위에 똬리를 튼 것이다.

그때 어디선가 '히이이이~' 하는 소리가 들렸다.

"숨소리 같은 것이었죠. 직감적으로 사람이 내는 소리는 아니라고 생각했어요."

오승태는 신경을 곤두세우고 사방을 살폈다고 한다. 익숙하게 맡아왔던 실내의 공기는 수상한 이물감에 뒤섞여 탁하고 시큼하게 변해 있었다. 오승태는 몸을 낮추고 책장과 책장 사이를 이리저리 돌아다녔다. 그러다가 마침내 소리의 진원지를 찾아냈다.

"천장이었어요. 소름끼치는 소리도, 냉기도 모두 그곳에서 발생하고 있었던 겁니다."

천장은 오래된 책들과 반품하지 못한 재고들을 쌓아둔 창고였다.

"접이식 사다리를 펴고 천장으로 올라가려는데, 별안간 히이이이, 하는 소리가 사방에서 커다랗게 울리는 겁니다."

오승태는 혀를 내밀어 바싹 마른 입술을 연신 핥으며 말을 이었다.

"놈이 알아차린 겁니다. 내가 자기 정체를 감지했다는 것을……. 이어서 이상한 소리가 들리기 시작했어요. 어헉, 어헉, 하는 고통에 찬 숨소리 같은 것이었죠."

머릿속에서 고개를 쳐드는 기억 하나가 있었다. 그 소리, 그 모습……. 두 번 다시 떠올리고 싶지 않은 기억이었다.

"그게 무슨 소린지 아시겠어요, 최 중사님?"

"됐어. 말하지 마."

"아베 중사님의 몸이 하나씩 잘려 나갈 때 나던 소리였어요."

"됐다니까!"

"그때 아베 중사님은 끝까지 그런 소리를 내고 있었어요. 최 중사님도 기억하고 계시죠? 그 신음소리……."

나의 만류에도 아랑곳 않고 오승태는 홀린 듯 빠르게 지껄여댔다.

"저는 어서 끝나기만을 바랐어요. 실제로 당하는 아베 중사님보다도 어쩌면 제가 더 고통스러웠는지도 몰라요. 최 중사님은 안 그랬어요? 그 소리…… 고통스럽지 않았어요? 하지만 어헉, 어헉, 소리가 얼마나 오래 지속되었는지 아시죠? 손목이 잘리고, 팔뚝이 잘리고, 귀가 잘리고, 피부가 벗겨지고…… 몸이 산산조각날 때까지 아베 중사님의 목숨은 왜 그렇게 끊어지지 않았던 거죠? 아베 중사님은 도대체 왜 그렇게 끈질기게 살아서……."

"그만하라고!"

나는 버럭 소리를 질렀다. 필터만 남고 꺼져버린 꽁초를 재떨이를 향해 거칠게 던졌다. 오승태는 그제야 말을 멈추고 두려움이 가득 담긴 시선을 내게 보냈다.

"아베 얘기는 그만해. 네 망상 따윈 더 이상 들어줄 수 없어."

"망상이 아니에요. 아베 중사님이 거기에 서 있었단 말입니다. 내 눈앞에……!"

오승태는 빠르게 말을 이었다.

"사다리를 올라가 천장 문을 열었을 때, 저편 책들 사이로 군화가 보였어요. 처음엔 내가 예전에 신던 것인가 생각했는데……, 군화 옆 축에 지퍼가 달려 있는 것을 보고 깨달았어요. 그런 군화를 신었던 사람은 아베 중사님밖에 없었죠. 미군에게 얻어왔다고 언젠가 크게 자랑을 늘어놓았잖아요?"

기억이 났다. 아베는 늘 그 군화를 반짝반짝 윤이 나도록 닦고 다녔다.

"아베 중사님의 군화라는 생각이 드는 순간 그것이 움직였어요. 군홧발이 걸어오기 시작했다고요. 책무더기 뒤에 가려져 있던 누군가가 앞으로 모습을 드러낸 것이죠. 군화 위로 밴딩 처리가 된 군복 바짓단이 보였고, 불룩한 건빵 주머니가 보였고, 탄띠를 찬 허리가 보였고, 반소매로 접어올린 군복 밑으로 늘어뜨린 붉은 두 팔이 보였고, 진흙으로 얼룩진 가슴이 보였고, 목이 보였어요. 그런데……."

오승태는 잠시 말을 멈추고 진저리를 쳤다.

"목이 돌아가 있었어요. 기억나죠? 놈들이 아베 중사님의 목을 돌리던 장면…… 이미 숨이 끊어진 채 닭 모가지처럼 빙빙 돌아가던 아베 중사님의 피투성이 얼굴을……."

순간 그 모습이 눈앞에서 생생히 그려지는 것 같아 온몸에 소름이 돋아났다.

"얼굴이 있어야 할 곳에 밤송이처럼 짧은 머리카락이 삐죽삐죽 솟은 아베 중사님의 뒤통수가 있었어요. 그런데 뒤로 돌아가 있던 얼굴이 조금씩 제자리를 찾아가는 겁니다. 그 얼굴이 고장 난 선풍기대가리처럼 멈칫거리면서 나를 향해 움직이고 있었다고요."

오승태는 떨리는 숨을 몇 번에 끊어서 길게 내쉬었다.

"그 얼굴은 아베 중사님이 틀림없었어요. 비록 두 눈자위가 시커멓게 뚫려 있었지만 저는 알 수 있었어요. 원망으로 얼룩진 그 싸늘한 표정은 아베 중사님이 아니고서는 지을 수 없는 것이었어요."

잠시 대화가 끊어지고 나는 다시 담배를 피워 물었다. 이제 금연 결심 따윈 아무래도 상관없었다.

아베가 돌아왔다. 귀신이 되어서…….

구역질 날 정도로 실감나는 이야기이긴 했지만 믿을 수 없기는 마찬가지였다. 말이 안 되는 소리다. 죽은 사람이 어떻게…… 아니, 그보다도 나타날 것 같았으면 진작 나타나지 않고 왜 십수 년이 지난 지금에서야 나타난단 말인가. 오승태의 말을 믿는 것보다 그의 정신 상태를 의심하는 게 더 바람직한 일 같았다.

'하지만……'

담배연기를 길게 내뿜으며 생각에 잠겼다.

사람의 눈에 종종 귀신이 보이기도 한다고 하지 않나.

만일 이게 사실이라면…….

아베가 정말로 귀신이 되어 돌아왔다면…….

아베의 목적은 하나뿐일 것이다. 그 이유는 오승태가 알 듯, 나도 알고 있다.

2

1973년 1월. 우리는 파병 근무 한 달여를 남겨두고 있었다.

유럽 어느 도시에선가 휴전 협정이 진행 중이라더라, 미군들은 벌써 베트남을 뜨기 시작했다더라, 같은 소문이 돌고 있었지만 전선의 긴장감은 여전했으며 한국군의 철수 명령은 좀처럼 떨어지지 않고 있었다.

나와 아베는 그때까지 총부리를 겨누고 적군과 교전을 벌인적이 한 번도 없었다. 우리는 파병 이후 줄곧 보급부대에서 물자를 조달하는 일을 맡았다. 전쟁이 막바지로 접어들면서(그때는 정말 막바지인줄 몰랐다) 갑자기 전방 전력을 증원하라는 지시가 내려졌고, 후방 부대 병력 대부분이 전방으로 차출되었다. 나와 아베도 정겨웠던 보급부대를 떠나 피바람이 감도는 최전방 전선으로 배치되었다. 그곳에서 당시 하사였던 오승태를 만났고, 우리는 금방 친해졌다.

전방의 기운은 살벌했다. 3월이면 파견 근무가 끝나지만 어서 휴전 협정이 체결되어 하루라도 빨리 고국으로 돌아가고 싶은 마음이 간절했다.

베트콩들이 우리 진지를 습격해 온 것은 1월의 마지막 날이었다. 어슴푸레하게 박명이 터오던 이른 새벽이었다. 진지는 삽시간에 박살나고 말았다.

나와 아베와 오승태는 낙오되었다. 처음 경험해보는 실제 전투에 우리는 모두 당황했고, 사방에서 터지는 수류탄 소리와 총소리로 청각은 거의 기능을 상실했다. 후방 어딘가에서 누군가가 육성으로 지껄이는 후퇴 명령 따위 귀에 들어오지 않았던 것도 당연했다.

뒤늦게 우리는 본대와 분리되었음을 알았다. 이미 적군이 낙오 무리와 본대 사이를 가로막고 난 후였다.

여섯 명이었던 낙오자들은 한 명씩 처참하게 죽어갔다.

베트콩들은 잔인했다. 이미 총상을 입고 죽어가는 사람에게 여럿이 달려들어 스테이크를 썰듯 온몸을 조각내 버렸다. 나중에 들은 얘기로는 연합군들이 먼저 끔찍한 만행을 저질렀기 때문에 보복을 했던 것이었다.

낙오자들은 썰린 고기 조각이 되지 않기 위해 필사적으로 도망쳤다. 정신을 차리고 보니 나와 아베 두 사람만 남아 있었다. 우리는 평소라면 무척 두려워했을, 지네처럼 생긴 흉측한 벌레들과 둥근 회색 무늬가 점점이 박힌 살무사들을 아무렇지도 않게 짓밟으며 달렸다. 무질서한 발소리와 알아들을 수 없는 타국의 언어들이 등을 찌를 듯 따라붙었고, 거리를 가늠할 수 없는 곳에서 총소리와 수류탄 소리가 작렬했다.

어느 순간 아베가 비명을 토하며 나자빠졌다.

돌아보니 아베는 진흙 속에 얼굴을 처박고 어깨를 들썩거리고 있었다. 두 방을 맞은 듯했다. 왼쪽 허벅지와 어깻죽지가 검게 물들어 있었다. 진흙과 핏물로 얼룩진 아베의 일그러진 얼굴을 보는 순간 더 이상 그를 위해 해줄 수 있는 게 없다는 것을 깨달았다. 그 순간에도 적들이 박차를 가하며 쫓아오고 있었던 것이다.

"최 중사!"

아베가 간절한 목소리로 나를 불렀다. 나는 한마디 대꾸도 없이 몸을 돌렸다. 아베를 도와줄 수 없는 내 자신이 저주스러웠으나 입술을 깨문 채 돌아보지 않고 달렸다.

"민호야!"

아베의 울음 섞인 절규가 다시 들려왔다. 그 목소리는 이내 무질서한 발소리, 총소리, 포격 소리에 삼켜졌다. 나는 계속 뛰었고, 아베의 절규는 더 이상 들리지 않았다.

한참을 달리다가 방향을 바꿔 덤불숲으로 뛰어들었다. 갈퀴 같은 풀잎들이 뺨이며 목을 연신 할퀴고 쏘아댔으나 아랑곳 않고 달렸다. 서걱서걱 수풀을 헤치는 소리가 등 뒤를 바짝 따라오고 있었다. 파도처럼 밀려드는 덤불구름을 온몸으로 밀며 앞으로 나아갔다. 총소리가 차츰 잦아들었고, 뒤쫓아 오던 발소리도 멀어졌다.

덤불숲을 빠져나오자 바위 무더기와 검은 웅덩이가 나타났다. 바위 뒤에 몸을 숨기고 거친 숨을 한참 동안 쏟아냈다.

그때 서걱서걱 수풀을 스치며 누군가 다가오는 소리가 들렸다. 나는 목을 바짝 움츠리고 바위에 등을 붙였다. 서걱거리는 소리와 함께 밭은 숨소리도 들렸다. 이상한 느낌이 들어 바위 너머로 고개를 내미는 순간 나는 경악했다. 아베가 덤불숲에 박힌 채 나를 노려보고 있었던 것이다. 얼굴을 반쯤 덮은 붉은 핏자국과 이미 핏기를 잃어 창백한 나머지 반쪽의 낯빛이 선명한 대조를 이루며 끔찍한 형상을 하고 있었다.

아베는 그때까지 내 뒤를 따라오고 있었던 것이다. 총알이 꿰뚫고 지나간 구멍으로 엄청난 양의 피를 쏟으면서도 필사적으로 내 뒤를 좇아왔던 것이다. 녀석도 나만큼이나 살고 싶었을 것이다.

아베는 마지막 순간 가시덤불에 걸려 빠져나오지 못하고 있는 듯했다. 그는 안간힘을 쓰다가 이내 스러지는 눈빛으로 나를 바라보았다. 목소리를 낼 힘조차 없었던지 간신히 입술을 달싹거리며 무언으로 도움을 청했다. 마지막으로 내게 구원의 손길을 바란 것이었다.

그 마지막 손길마저 나는 거부하고 말았다. 아베의 후방에서 다시금 베트콩들의 목소리가 들려왔기 때문이다. 착, 착, 정글 도로 뒤엉킨 수풀을 쳐내며 놈들이 오고 있었다.

거미줄에 걸린 파리처럼 힘없이 허우적대는 아베를 덤불 속에 그대로 두고 나는 물풀이 가득한 더러운 웅덩이 속으로 들어갔다. 수면 위로 아베의 바둥거리는 두 팔이 마지막으로 보였다.

웅덩이는 깊지 않았으나 꽝장히 탁했고, 물풀이 가득 자라 있어 내 몸 하나는 숨길 수 있을 것 같았다. 나는 숨을 멈추고 웅덩이 바닥으로 천천히 가라앉았다. 수면 너머에서 베트콩들의 날카로운 함성이 들려왔다. 마침내 아베를 붙잡은 것이다.

이어서 살육의 시간이 흘렀다.

물 위에서 벌어지는 악마 같은 만행들은 소리가 되어 물속까지 전달되었다. 날카로운 쇠붙이가 살을 가르고 뼈를 긁는 소리, 어흑, 어흑 힘없이 내뱉는 신음소리, 알아들을 수 없는 소리로 따다다다 지껄여대는 베트콩들의 수선스러운 대화들까지…… 모든 소리가 다 감지되었다. 나는 그 더러운 웅덩이 속에서 오들오들 떨며 버텼다. 가빠오는 숨과 추위와 걷잡을 수 없는 공포로 나는 점점 빈사의 지경에 이르고 있었다.

더 이상 참을 수 없는 한계점까지 도달하자 나는 웅덩이 바닥을 기어 수면의 가장자리로 이동했다. 물풀들 사이로 머리를 살짝 내밀어 숨을 쉬었다. 살육의 현장은 멀지 않은 곳이었으나 허공으로 쭉쭉 뻗어 오른 키 큰 물풀들 때문에 내 머리통 하나는 은폐가 가능했다. 간신히 숨은 쉴 수 있게 되었지만 물 밖의 상황은 질식할 것 같았던 물속보다 조금도 나을 게 없었다. 소리와 공포는 더욱 생생했고, 시각적인 충격까지 더해졌다. 참혹한 광경에 나는 도무지 눈을 뗄 수가 없었다.

놈들은 손가락을 쑤셔 넣어 아베의 눈알을 후벼 파고 있었다. 아베는 상의가 탈의된 상태였는데, 이미 양팔이 팔꿈치 아래로 절단되어 있었고, 뱃가죽이 터진 이불보처럼 훤히 열려 있었다. 귀와 코와 턱도 떨어져 나간 후였는데, 놀랍게도 아베는 그때까지 숨이 붙어 있었다. 눈알이 뇌수와 함께 뽑혀지는 순간에도 아베의 입에서는 어헉, 어헉 하는 낮고 처절한 신음소리가 새어나오고 있었던 것이다.

오승태의 핏발선 눈동자와 마주친 것은 놈들이 이미 죽은 아베의 목을 빙빙 돌려서 떼어 내던 순간이었다. 반대쪽 가장자리였다. 오승태도 나처럼 웅덩이 속에 몸을 담근 채 머리만 내밀고 있었다. 우리는 눈빛만으로 서로에게 더 신중할 것을 종용했고, 이내 똑같은 자기혐오에 젖어들었다. 우리는 끝내 아베를 구하지 못했고, 아베를 도살한 놈들에게 앙갚음을 하지도 못했다. 그저 놈들이 우리를 발견하지 못하고 떠나가기만을 바랐던 것이다.

해가 떠오르고 아베의 몸에서 흘러내린 피로 웅덩이가 붉게 물든 후에야 우리는 그곳에서 나올 수 있었다. 처참하게 조각난 아베의 시신 앞에서 나는 오열했다. 아베는 좋은 녀석이었다. 나에게 친절했고, 수없이 많은 선의를 베푼 친구였다. 잔혹하게 죽도록 내버려두지 말았어야 했다.

나와 오승태는 아베의 시신을 수습해서 그곳에 묻어주었고, 그날 오후 아군 수색대에 발견되어 간신히 본대로 복귀할 수 있었다. 아베의 죽음에 대해서는 아무도 묻지 않았고, 우리도 함구했다. 아베는 전사(戰死) 처리가 되었으나 끝내 시신을 찾지 못해 국립묘지에는 그의 정복과 모자만이 안장되었다.

3

국밥집을 나서자 하늘이 어둑어둑했다. 눅눅하고 미지근한 공기 속에서 어둠이 조금씩 몸을 펼치고 있었다. 우리는 함께 오승태의 서점으로 향했다. 나로서는 확인이 필요했던 것이다.

"그 후로도 세 번이나 더 봤어요."

버스 안에서도 오승태는 나를 응시하며 끊임없이 입을 놀려 댔다.

"처음에는 저도 헛것을 봤다고 생각했어요. 하지만 두 번, 세 번 보게 되자 그게 아니라는 것을 알았어요. 그건 엄연한 현실이었어요. 어떻게 해서 귀신이 내 눈에 보이게 되었는지는 중요치 않아요. 중요한 것은 정말 그것을 봐 버렸다는 것이죠. 봐서는 안 되는 것이지만 이미 봐 버렸기 때문에 어쩔 수 없는 겁니다. 그런 건 말이죠, 한 번 보게 되면 계속 보고 살 수밖에 없나 봐요."

"그냥……."

아까부터 궁금한 것이 있었다.

"가만히 서 있기만 하더냐? 아베 말이야. 무슨 해코지를 하려 들지는 않고……?"

오승태는 입술을 굳게 다물고 마른 침을 몇 번 삼키더니 절망적인 목소리로 말했다.

"그럴 리가 있겠어요. 아베 중사는 저를 죽이러 온 거예요."

"무슨 행동을 취했어?"

"첫 번째 두 번째는 그냥 겁만 주러 나타났어요. 그런데 세 번째는 무장을 하고 나타났어요. M16소총에 착검까지 해서 들고, 가슴에는 수류탄을 주렁주렁 매달고, 얼굴에는 검댕이 칠까지 해서 나타난 거예요. 베트콩들과 싸우던 그때 그 모습으로 말입니다."

"그러고는……?"

"손짓을 했어요. 한 팔을 크게 휘저으며 오라고, 어서 오라고……. 나중에는 두 팔을 모두 들어 올려 위아래로 휘저어댔어요. 자기가 있는 그쪽 세계로 나를 데려갈 작정인 거죠."

네 번째로 나타났을 때는 더욱 무서운 행동을 했다고 한다.

"바로 어제였어요. 밤늦게 문을 열고 들어갔는데 저쪽 끝에서 아베 중사가 마치 단거리 주자처럼 빠르게 달려왔어요. 그러고는 제게 소총을 겨누더니 마구 쏘아대는 거예요."

"쏘아대다니……?"

"빈총이었어요. 탄창이 비어 있었던 거죠. 그런데도 아베 중사는 총구를 제 눈앞에 바짝 갖다 대고 끊임없이 노리쇠를 당기며 소총을 쏘아댔어요. 철커덕, 탁! 철커덕, 탁! 이런 소리가 끝도 없이 귓가를 울려댔어요. 얼마나 무서웠는지 아세요? 소총 끝에서 언젠가는 총알이 발사될 것만 같았어요."

'철커덕, 탁' 소리가 귓가를 맴도는 가운데 오승태는 그 자리에서 정신을 잃었다고 한다. 눈을 떠보니 한낮이었고, 옛날 짐들을 샅샅이 뒤져 내 연락처를 찾아낸 것이다.

"지금 저를 도와줄 수 있는 사람은 최 중사님밖에 없다고 생각했거든요."

"난 너에게 아무런 도움을 주지 못할 거야. 네 말이 사실이든 아니든……."

오승태의 어두운 눈빛 속에 실망의 그림자가 아른거렸다. 오승태는 탄식 어린 목소리로 말했다.

"최 중사님, 아베 중사님은 정말 우릴 죽이러 온 걸까요? 그때 우리가 도와주지 않았다고……?"

나는 대꾸하지 않았다. '우리'라고 묶어서 표현하는 게 당연할 수도 있지만 거슬렸다.

"전 말입니다. 사실…… 사과를 하고 싶었어요. 아베 중사님을 만나게 되면, 꼭 사과를 하고 싶었어요. 그런데 아베 중사님은 제 사과를 받아주고 싶은 마음이 없나 봐요."

오승태는 혼잣말처럼 계속 중얼거렸다.

"사과를 하고 싶었는데……."

지금은 폐점이 된 오승태의 서점은 겉보기에는 커다란 컨테이너 창고처럼 보였다. 줄지어 선 주택들과는 조금 외떨어진 곳에 혼자 모퉁이 하나를 다 차지하고 있는 철판 가옥이었다. 실내가 찜통처럼 더울 것도 같았다.

"넌 왜 아직 여기 있는 거야? 귀신이 출몰하는 무시무시한 곳에……. 여기 말고는 갈 데가 없는 거야?"

오승태는 힘없이 고개를 끄덕이더니 조금 처량한 목소리로 말했다.

"제게 남은 건 이제 이거 하나뿐이에요. 다른 건 아무것도 없어요. 딸애도 제 엄마를 따라가서 저 같은 건 깡그리 잊었을 거예요. 나잇살 먹고 본가 신세를 질 수도 없는 노릇이고……."

오승태는 문 앞에 서서 한참 동안 내 눈치를 살피며 주저하더니 이윽고 떨리는 손으로 문을 열었다. 묵은 책 냄새가 물씬 풍겼다. 실내는 꽤 넓었고, 여기저기 내 키보다 높은 책장들이 아파트 단지처럼 줄지어 서 있었다.

불을 켜자 환하게 드러난 실내는 더욱 넓어 보였다. 사방이 책으로 둘러싸인 그곳은 오승태가 좋아할 만한 장소임이 분명했다. 조용하고, 평화로워 보였다.

"나타날 거예요. 어쩌면 안 나타날 수도 있지만…… 저 혼자였다면 필시 바로 나타났을 거예요. 지금은 최 중사님이 있어서 귀신도 주저하고 있는 건지 몰라요. 하긴 매일 밤 나타난 것은 아니었지만……."

오승태는 횡설수설했다. 나는 책장 사이를 거닐며 실내를 한 바퀴 둘러봤다. 특별히 이상한 기운이 느껴지지는 않았다. 생각보다 실내가 서늘하다는 느낌을 받았을 뿐이다. 창문이 전부 닫혀 있었는데도 어디선가 끊임없이 바람이 불어오고 있는 것 같았다. 하지만 그런 정도는 놀라운 일이 아니었다.

사다리를 타고 천장에도 올라가 봤다. 여덟 평 남짓 되어 보이는 협소한 공간이었다. 역시 빼곡하게 들어찬 책 말고는 딱히 눈길을 사로잡는 것이 없었다.

"나타날 겁니다. 틀림없이 다시 올 거예요."

오승태는 내 표정을 살피며 다급히 말했다.

"최 중사님 괜찮으시다면 여기 좀 머물러 계시면 안 되겠습니까? 살림집까지 붙어 있는 곳이라 지내기에 크게 불편한 건 없을 거예요."

"아냐. 일단 오늘은 돌아가지."

"제 말을 못 믿으시는 건가요?"

"네 말을 못 믿겠다는 게 아니야. 다만 오늘은 이 정도로 해두고 싶어서 그래. 만일 아베가 다시 나타난다면 나한테 연락을 줘. 지금 내가 거처하는 곳 전화번호를 적어줄 테니까 여기로 연락을 줘."

예전에 계산대로 사용했을 것으로 보이는 책상 위에서 작은 메모지를 발견하고 거기다가 전화번호를 적었다.

"조금만 더 계셔보세요. 분명히 나타날 거예요. 최 중사님 친구잖아요."

"글쎄, 나타나면 연락을 줘. 택시를 타고서라도 금방 달려올 테니까. 지금은 그만 돌아가야겠어. 내일도 아침 일찍 장사를 나가야 하고 해서 말이야."

오승태는 문 앞에 서서 잔뜩 상기된 얼굴로 나를 응시했다. 초조함과 실망을 넘어 일순간 적의까지 느껴지는 얼굴이었다.

서점을 나와 버스 정류장을 향해 걸어갔다. 문득 돌아보니 오승태는 아직도 문 앞에 서서 나를 지켜보고 있었다. 먼 거리였지만 하얀 불빛에 반사된 창백한 얼굴이 똑똑히 보였다. 그의 얼굴이 아베와 닮은 듯했다. 문득 귀신은 오승태가 아닐까 하는 생각마저 들었다. 그런 생각을 한 순간 오승태의 형상이 잠깐 투명하게 보였다. 나는 얼른 고개를 돌리고 도망치듯 빠르게 그곳을 벗어났다.

지금 생각해보면 나는 그렇게 가지 말았어야 했다. 그때 내가 본 오승태의 모습이 그가 살아있을 때 본 마지막 모습이었다.

4

오승태에게서 전화가 온 것은 다음 날 새벽이었다.

"최 중사님…… 나타났어요."

"뭐어?"

간신히 눈꺼풀을 열고 탁상시계를 들여다봤다. 새벽 세 시였다. 날짜상으로는 하루가 지났지만, 시간상으로는 오승태와 헤어진 지 대여섯 시간 정도밖에 지나지 않았다.

"두 놈, 아니 세 놈이 나타났어요."

수화기에서 들려오는 목소리는 절박했다.

"아니, 그 이상일지도 몰라요. 여긴 끝장났어요. 전 아마……."

"그게 무슨 소리야?"

통화는 갑자기 끊어졌다. 나는 곧바로 옷을 챙겨 입고 택시를 탔다. 서점에 도착할 때까지 걸린 시간은 10여 분에 불과했다. 그 사이에 설마 큰일이라도 벌어졌을까 싶었다. 오승태의 말이 계속 마음에 걸렸다. 세 놈이라니. 그건 도대체 무슨 소리고, 또 끝장났다는 건 무슨 의미일까.

문은 잠겨 있지 않았다. 서점 안으로 들어서는 순간, 실내 공기가 어젯밤과는 다르게 변질되어 있음을 알 수 있었다. 오승태가 말했던 탁하고 시큼한 냄새가 사방에서 났고, 냉동 창고 속을 걷는 듯 추웠다.

스위치를 올렸으나 불은 켜지지 않았다. 실내는 그리 어둡지 않았다. 어디서 새어드는지 알 수 없는 청백색의 빛이 곳곳에 드리워져 있었다.

"오 중사!"

크지 않은 목소리로 오승태를 불렀다. 돌아오는 대답은 없었다. 내 목소리는 동굴 속에서 울리는 것처럼 사방 벽면을 타고 괴이하게 울렸다. 시공간이 일그러졌음을 직감적으로 느꼈다. 위험한 상황이었다. 이런 상황에서 무슨 일이 발생한다면 속수무책으로 당하고 말 것이다.

책장과 책장 사이 좁은 통로를 거닐며 실내를 거의 한 바퀴 돌았을 무렵이었다. 구석 쪽에서 나를 노려보는 시선이 느껴졌다. 그 자리에 멈춰 서서 구석의 어둠을 지켜봤다. 어둠 속에서 후다닥 움직이는 발소리가 났다.

등줄기로 차가운 땀이 흘러내렸다.

미간을 모으고 발소리가 난 곳을 깊이 응시했다. 어둠 속에 누군가가 있었다. 사람의 형상을 한 실루엣이 책장과 책장 사이에 차렷 자세로 우두커니 서 있었다.

"누…… 누구야?"

간신히 쥐어짜듯 말하며 진열되어 있던 책 하나를 뽑아들었다. 하필이면 얇은 시집이 잡혔다. 어둠이 물결처럼 움직이며 실루엣이 일그러졌다.

"승태냐? 누구냐니까? 말을 해!"

시집을 버리고 다른 책을 찾았다. 둔탁한 소리를 내며 책들이 바닥으로 떨어졌다. 그 소리에 놀라 더욱 다급히 책을 찾았고, 책장이 휘청거리며 더 많은 책이 쏟아졌다. 퉁탕거리는 소리가 적막한 실내에 괴괴하게 퍼졌다. 간신히 두꺼운 하드커버 북 하나를 집어 들었다.

그러는 사이에 눈앞의 형상은 사라지고 없었다. 그곳엔 책이 빼곡히 꽂힌 책장과 소화기만 있었다. 처음부터 사람의 형상 따윈 없었던 게 아닌가 싶었다. 안도의 숨을 내쉬는데 내 숨소리에 다른 숨소리가 섞여 들었다. 나는 곧장 숨을 멈췄지만 숨소리는 계속 들렸다.

히이이이…….

오승태가 말했던 바로 그 숨소리였다. 한 명이 내는 소리가 아니었다. 제각각의 호흡과 음성으로 숨소리들이 사방에서 불협화음을 내며 길게 울렸다. 지옥의 구렁텅이에서 악마들이 내는 신음소리 같았다.

숨소리는 사방에서 들려오는 듯했으나 그 진원지는 역시 천장이었다. 천장을 주시하며 하드커버 북을 쥔 손에 힘을 줬다. 어느 순간 수도꼭지를 잠근 듯 소리가 뚝 멈췄다. 워밍업은 끝난 모양이었다. 사방을 빠르게 훑으며 경계태세를 취했다. 무언가가 튀어나온다면 바로 지금일 것 같았다.

포탄이 터지는 것 같은 엄청난 폭발음이 귓가를 울렸다. 지진이라도 난 것처럼 바닥이 흔들렸고, 책들이 바닥으로 우르르 쏟아졌다. 눈앞에서 섬광이 번쩍였다가 이내 사라졌다. 두 손으로 머리를 감싼 채 본능적으로 바닥에 엎드렸다. 파병 시절 수없이 많은 연습을 거쳤던 동작이 나도 모르게 나온 것이다. 책장을 이탈한 책들이 등과 허리로 우수수 떨어졌다. 낮은 포복으로 빠르게 바닥을 기었다. 폭발음이 몇 번 더 울렸다. 둥근 벽시계가 바닥으로 추락하며 유리 덮개가 박살났다. 유리 파편을 피해 반대방향으로 포복을 했다.

팔꿈치가 벗겨질 정도로 아프게 기어가고 있는데, 문득 진흙으로 뒤덮인 군화가 만져졌다. 군화 위로 쭉 뻗은 두 다리가 만져졌고, 종아리 근육의 단단한 감촉도 느껴졌다.

"으아악!"

그제야 비명을 내지르며 뒤로 물러났다.

옅은 갈색이 감도는 민무늬 군복에 야상을 걸쳐 입은 군인이 서 있었다. 가슴에는 수류탄이 주렁주렁 매달려 있었고, M16소총을 어깨에 메고 있었다. 짧게 쳐올린 머리통에는 철모도 없었다. 얼굴은 어두워서 누군지 식별할 수 없었다.

"아베······?"

나는 주저앉은 자세로 상대를 올려다보았다.

"아베, 너냐?"

대답이 없었다. 문득 두 손으로 더듬었던 군화에 지퍼가 달려 있지 않음을 깨달았다. 놈의 손에 쥐어진 정글도가 보였다. 놈은 아베가 아니었다. 베트콩이었다.

"어떻게······?"

이해할 수 없었지만 오래 생각할 시간이 없었다. 청백색의 빛이 놈의 얼굴에 드리워졌다. 콧구멍이 유난히 크고 두껍게 쌍꺼풀진 눈매의 전형적인 소년 베트콩이었다. 열다섯 살이나 되었을까 싶었다. 어린 녀석일수록 더 잔인했다. 녀석의 한쪽 허리춤에는 전리품으로 모은 잘린 귀들이 주렁주렁 매달려 있었다.

소년은 갑자기 덤벼들었다. 바닥에 떨어져 있던 책 하나를 번개같이 집어 놈의 얼굴에 명중시켰다. 녀석의 입에서 낮은 신음이 터졌다. 손에 쥐고 있던 허연 칼날이 허공에서 주춤거리며 멈췄다. 나는 재빨리 몸을 일으켰고, 그 기세 그대로 상대의 얼굴에 무릎을 날렸다. 쩍, 하고 코뼈가 주저앉는 소리가 들렸다. 소년이 뒤로 자빠졌다. 정글도가 땡그랑 소리를 내며 바닥으로 떨어졌다. 옆에 있던 책장 하나를 녀석 위로 무너뜨린 후 돌아서서 달렸다.

등 뒤에서 놈이 쫓아오는 소리가 들렸다. 실내는 쫓고 쫓기는 추격전을 벌일 만큼 넓지 않았다. 금방 궁지에 몰리고 말았다. 양쪽 콧구멍에서 검은 피를 풍풍 쏟아내며 어린 베트콩은 독기 오른 눈으로 나를 노려봤다. 손에는 단검이 들려 있었다. 왜 총을 쓰지 않았는지 그때는 알 수 없었다. 소년은 단검을 위협적으로 휘두르며 달려들었다. 가까스로 놈의 팔을 붙들었지만 다가오는 녀석의 기세에 밀려 뒷걸음질을 쳤다. 벽에 등이 닿았다. 소년이었지만 녀석의 힘을 당해내기 힘들었다. 단검의 끝이 내 쪽으로 가까워지고 있었다. 그때 놈의 가슴에 주렁주렁 달린 수류탄에 새삼 눈길이 갔다. 소년의 손을 옆으로 비틀어 벽 쪽으로 붙인 후 이마로 녀석의 주저앉은 콧등을 다시 한 번 들이받았다. 그리고 재빨리 수류탄의 안전핀 하나를 입으로 뽑았다. 녀석이 당황할 틈도 주지 않고 발을 치켜들어 놈의 배를 걷어찼다. 그 충격에 소년은 한참을 뒷걸음질 치다가 책장 하나를 쓰러뜨리며 자빠졌다. 나는 벽을 따라 힘껏 뛰다가 커다란 책장 뒤로 몸을 숨겼다. 거대한 폭발음이 실내를 뒤흔들었다. 유리창이 깨지고, 책장들이 와르르 쓰러졌다.

파편 하나가 왼쪽 어깨에 박혔다. 조금만 위쪽으로 날아왔어도 목숨이 위험할 뻔했다. 한손 포복으로 바닥을 기며 입구를 찾았다. 입구가 멀게만 느껴졌다. 어쨌거나 저 문을 열고 밖으로 나가야만 했다.

그때 앞다퉈 달려오는 발소리가 들렸다. 우우, 하는 함성도 들렸다. 소리는 천장에서부터 울렸다가 이내 사방에서 쏟아졌다. 긴장과 흥분, 두려움으로 뒷목이 뻣뻣해졌다.

다시 입구를 바라본 나는 경악하고 말았다. 입구는 아까보다 훨씬 더 멀어져 있었다. 거의 100미터, 아니 그보다 훨씬 더 멀어져 있었다. 절망감이 밀려왔다. 나는 베트남 전선 한 가운데 떨어져 있었던 것이다. 주위를 둘러봤다. 사방에는 여전히 책과 책장들뿐이었다. 정글 따위는 보이지 않았다. 내가 베트남으로 간 게 아니라, 그때의 놈들이 이곳으로 온 것이었다.

머리를 숙이고 입구를 향해 뛰었다. 책장과 책장 사이의 좁은 통로가 마치 베트남의 우거진 정글처럼 느껴졌다. 멀리서 총소리가 들리고, 처참하게 울리는 비명, 알아들을 수 없는 언어로 빠르게 지껄이는 베트콩들의 목소리와 "통신병, 통신병, 야 이 새끼야, 빨리 연결해!" 하는 아군의 목소리도 들렸다. 그소년 베트콩이 함부로 총을 쏘지 않았던 이유를 비로소 알 수 있었다. 이곳에는 적군만 있는 것이 아니었다. 연합군과 북베트남군이 뒤엉켜 교전을 벌이고 있었던 것이다.

계속 달렸다. 아무리 달려도 입구와의 거리는 좁혀지지 않았다. 어떻게 해도 이 지옥 같은 전장에서 벗어날 수 없을 것 같았다.

그 순간 측면에서 날짐승처럼 사납게 덤벼드는 이가 있었다. 바닥에 등이 닿았다. 놈은 내 배를 타고 올라와 단검을 치켜들었다. 간신히 상대의 팔을 제압하며 놈의 얼굴을 쳐다봤다. 녀석은 조금 전에 코뼈가 주저앉았던 소년 베트콩이었다.

소름끼치는 전율이 일었다. 폐점된 서점 안에서 벌어지는 모든 일을 믿을 수 없었지만 코뼈가 주저앉은 베트콩 녀석의 얼굴을 다시 본 것이 가장 믿을 수 없는 일이었다. 그 수류탄을 어떻게 피했단 말인가. 아니 피하지 못했다. 녀석의 사지는 걸레처럼 너덜거리고 있었다. 반쯤 열린 뱃가죽 사이로 검은 장기들까지 삐져나와 있었다. 소년은 자신의 상태가 어떻든 아랑 곳하지 않고 마지막 힘을 다해 나를 죽이려고만 했다. 놈의 단 검이 어깨를 파고들었다. 수류탄 파편이 박힌 부위였다. 격통 이 전신을 휘감았다. 붉게 물든 치아를 드러내며 소년이 히죽 웃었다.

그 순간 꿍음이 터지며 녀석의 머리통이 날아갔다. 검은 피 가 내 얼굴 위로 쏟아졌다. 눈을 감았다가 천천히 떴다. 베트콩 녀석의 얼굴은 턱 위로 모두 사라지고 없었다. 기겁을 하며 시 신을 밀쳐냈다.

누군가가 내미는 손을 잡고 고개를 드는 순간 또 한 번 차 가운 전율이 등줄기를 훑고 지나갔다. 손을 내민 이는 오승태 였다.

"어…… 어떻게, 네가……?"

"최 중사님!"

오승태는 가느다란 팔로 힘주어 나를 일으켰다. 손이 무척 차가웠다. 낯빛도 어제보다 창백해 보였다. 오승태는 전투복 차림에 무장을 하고 있었다. 한 손에 M60을 쥐고 있었고, 팔뚝 에 탄띠가 감겨 있었다.

"어떻게 된 거야?"

"모든 게 제 실수입니다."

오승태는 커다란 책장 뒤로 나를 데려갔다.

"저는 그냥 사과를 하고 싶었던 겁니다."

"무슨 소리야?"

"아베 중사님이 나타나면 꼭 사과를 하고 싶었는데……."

문득 어젯밤 버스 안에서 오승태가 했던 말이 상기됐다. 그때는 아무것도 눈치채지 못했었다.

"설마 너……."

"예. 아베 중사님은 제가 불러낸 거였어요."

멀리서 포탄이 투하되는 소리가 들렸다. 이어서 콰콰쾅, 굉음이 터지며 사방이 흔들렸다.

"늘 그 사건이 마음에 걸렸어요. 결혼하고 아이를 낳고 살면서도 가슴 한구석에 자리 잡은 그때의 끔찍하고 추악했던 기억은 사라지지 않았어요. 그 일만 떠올리면 죄책감과 공포로 숨이 막혔죠."

총소리와 비명이 들려왔다. 오승태는 날선 시선으로 주위를 경계했다.

"이혼 후에 서점도 접고 혼자 책에 파묻혀 살던 때였어요. 어느 날 이상한 책 하나를 발견했어요. 번역본이었는데 겉장이 벗겨져 나가 저자에 대한 정보도 알 수 없었고, 출판사도 오래전에 문을 닫은 낯선 곳이었죠. 어떻게 그 책이 우리 서점으로까지 오게 되었고, 내 눈에 띄었는지는 알 수 없어요. 지금 생각해보면 어떤 운명의 손이 개입한 결과가 아닌가 싶어요."

"무슨 책이었는데……?"

"소환술에 관한 책이었어요. 책 뒷부분에는 소환 주문까지 실려 있었죠. 라틴어로 되어 있는 주문을 그대로 따라 읽으면 된다고 나와 있었어요. 주문을 외기 위해 열심히 언어 공부를 했죠. 그리고 마침내 소환술을 시도했어요."

"무슨 그런 말도 안 되는……."

"예. 저도 말이 안 된다고 생각했죠. 하지만 밑져야 본전이라는 생각이 들었어요. 어차피 할 일도 없었으니까요. 시도는 해보고 싶었어요."

하지만 주문이 성공하기 위해서는 매개체가 필요했다.

"내가 소환시키고자 하는 령과 현실의 나를 이어줄 수 있는 물건 같은 거 말입니다. 그때 그게 떠올랐어요."

나도 번뜩 생각나는 것이 있었다.

"흙?"

"맞아요. 제겐 베트남에서 담아온 흙이 있었죠. 찾아보니 아직 간직하고 있더라고요. 그걸로 마침내 아베 중사님을 불러내는 소환 주문을 걸 수 있었죠. 하지만 아무 일도 일어나지 않았어요. 며칠을 기다려 봐도 마찬가지였어요. 당연히 실패했다고 생각했죠."

그런데 사실 주문은 성공했던 것이다.

"소환 령이 이곳에서 보낸 신호를 인지하고 찾아오기까지 시간이 걸렸던 겁니다. 주문은 성공했고, 마침내 아베 중사님을 만났어요. 저는 사과를 했죠. 하지만 분위기가 이상했어요. 아베 중사님이 제 사과를 받아주는 것 같지 않았어요. 오히려 저를 위협하고 있다는 생각이 들었죠. 그런 상황을 예상치 못한 것은 아니지만, 그래도 당혹스러웠죠. 어찌할 바를 모르겠더라고요. 그래서 최 중사님을 찾아갔던 겁니다. 최 중사님과 함께 사과를 하면…… 어쩌면 용서해줄지도 모른다는 생각이 들었거든요."

상황이 착착 정리되어 갔다. 진짜 궁금한 것은 그다음이었다.

"최 중사님이 돌아간 어젯밤, 일이 터진 겁니다."

오승태는 내 마음을 읽기라도 한 듯 다음 이야기를 들려줬다.

"제가 건 소환 주문은 아베 중사님뿐만 아니라 당시 그곳에서 격전을 벌였던 다른 원귀들까지 모두 불러들인 겁니다. 어젯밤부터 수많은 령들이 그 흙을 통해 이곳으로 몰려들기 시작했죠. 처음에는 낯선 두 녀석을 보고 놀랐는데, 나중에는 세 명, 네 명, 엄청나게 불어났어요. 그리고 그들은 서로 싸우기 시작했어요. 과거 베트남 땅에서 총부리를 겨누며 싸웠던 것처럼 말이죠."

그즈음에서 나는 이미 짐작하고 있었으나 차마 입 밖으로 내기 힘들었던 말을 던지고 말았다.

"그런데 왜 너까지 그런 차림으로……? 설마 너도……."

"예. 맞습니다. 저는 어젯밤에 죽었습니다."

오승태가 무덤덤하게 말했다.

"아베 중사님인 줄 알고 다가갔다가 베트콩 놈의 기습에 당했죠. 설마 정말로 죽을 줄은 저도 몰랐어요."

가슴 한쪽이 싸늘하게 저려왔다. 오승태의 말이 모두 사실이 아니었으면 싶었다. 지금 상황이 모두 꿈이라면 얼마나 좋을까. 하지만 언젠가 오승태가 내게 강조했듯 이곳에서 일어난 모든 일은 엄연한 현실이었다.

"저 역시 이곳으로 돌아올 수 있었습니다. 소환 주문의 힘이 그 흙 속에 깃들여 있었기 때문에 한 번이라도 그 흙을 밟았던 령이라면 누구라도 소환되어 이곳으로 올 수 있었던 겁니다."

"미안하네."

"뭐가 미안합니까?"

내가 할 말을 찾지 못하고 우물거리자 오승태가 말을 이었다.

"제 잘못입니다. 공연히 최 중사님을 이런 일에 끌어들여서……."

책장에 머리를 기댄 채 한숨을 내쉬었다. 이야기에 심취되었을 때는 인식하지 못하고 있었는데 주위는 총소리와 비명으로 여전히 소란스러웠다. 잊고 있던 어깨 통증도 되살아났다. 어깨를 감싸 쥔 손바닥이 검은 피로 번들거렸다. 나는 미간을 찌푸리며 오승태를 쳐다봤다.

"그래서…… 이제 어떻게 하면 되나? 소환이 가능한 주문이 있다면 소환을 중지시키는 주문도 있을 거 아냐?"

"있죠. 하지만 소용없습니다."

"소용없다니……?"

"이미 시도했지만 먹히지 않았습니다. 소환된 령들은 대부분 악령들입니다. 지독한 분노와 악의를 품고 죽어간 놈들이란 말입니다. 아까 최 중사님을 공격했던 그 어린 베트콩처럼 말이죠. 처음에 아베 중사님 혼자만 넘어왔을 때 시도했다면 어쩌면 성공했을지도 모르죠. 하지만 놈들이 줄줄이 들이닥친 후에는 아무 소용이 없었습니다. 악령의 기운들이 주문의 힘을 압도하고 있어요."

"그럼 네 말처럼 정말로 끝장났다는 거야? 놈들의 수는 점점 더 많아질 것이고…… 이곳을 벗어날 우려도 있잖아?"

"방법이 하나 있어요."

오승태가 힘주어 말했다. 그는 내 앞으로 다가오더니 신중한 목소리로 또박또박 말했다.

"놈들과 이곳 세상을 이어주는 매개체를 없애 버리는 겁니다. 주문의 힘도 그곳에 서려 있으니 그걸 없애 버리면 아마 놈들도 사라질 거예요."

"확신할 수 있나?"

"책에 그렇게 나와 있었어요. 매개체를 태우거나 태울 수 없는 것은 밀봉해 버리면 그곳에 깃든 주문의 힘도 사라진다고요. 마지막으로 그 방법을 시도하려다가 당했던 겁니다."

오승태는 간절함이 깃든 눈빛으로 나를 응시했다.

"이제 그 일을 할 수 있는 사람은 최 중사님밖에 없어요."

5

오승태의 엄호를 받으며 천장으로 향했다. 안쪽에 딸린 주방에서 이런저런 도구들을 챙긴 후였다.

"먼저 태워보세요. 그래도 효과가 나타나지 않으면 밀봉하는 수밖에 없어요."

흙은 예전의 구두약 깡통에 담겨 있는데, 지금은 뚜껑이 열린 채 천장 구석에 놓여 있다고 했다.

접이식 사다리를 타고 올라가 천장 문을 열었다. 여덟 평 남
짓이었던 그 공간도 광활한 전장으로 바뀌어 있었다. 책이 빽
빽하게 꽂힌 책장들이 은폐물 역할을 했고, 아군, 적군 할 것
없이 모두 그 은폐물에 몸을 숨기며 혈전을 벌이고 있었다. 그
들이 눈치채지 못하도록 허리를 낮추고 빠른 걸음으로 목적지
를 향해 다가갔다.

맨 구석자리에 앉은뱅이책상이 놓여 있었고, 그 위에 뚜껑
이 열린 구두약 깡통이 있었다. 준비해 온 양주를 깡통 속에 들
이붓고 지포라이터로 불을 붙였다. 삽시간에 불길이 치솟았다.
하지만 아무래도 안심이 되지 않았다. 일반적으로 불을 제압하
는 것이 흙이니, 역시 불로는 흙을 어찌 할 수 없겠다는 생각이
들었다.

불이 잦아들기를 기다렸다가 조심스럽게 깡통 뚜껑을 닫았
다. 비닐 랩으로 깡통을 두텁게 감싼 후 그것을 진공 지퍼 백에
넣고 입구를 닫았다. 이 정도면 완전하게 밀봉이 된 듯싶었다.

"어떻게 됐어요?"

오승태가 다가와 물었다. 그의 얼굴에는 여기저기 생채기가
나 있었다.

"다 된 것 같은데…… 성공한 건가?"

여전히 지옥처럼 참혹한 전장을 둘러보며 의구심을 표했다. 오승태도 긴장된 눈빛으로 주변을 훑다가 확신에 찬 목소리로 말했다.

"성공했을 거예요. 주문이 효력을 잃으려면 조금 시간이 필요하니까요. 불에 태우고 밀봉까지 했으니 확실할 겁니다."

우리는 안전한 곳에 몸을 숨기고 기다려 보기로 했다.

"그런데 밀봉이 성공하면 너도 사라지는 거 아닌가?"

"그야 당연하죠. 저도 그 주문의 위력으로 소환된 거니까요."

"그렇다면 정말 미안한데……."

"미안할 것 없어요. 죽고 사는 건 운명의 소관이고, 귀신이 이 세상에 머물러서는 안 되는 것 또한 당연한 이치인데요, 뭘."

처량한 웃음이 오승태의 입가를 비껴갔다.

"아베 중사님과는 저세상에서 다시 만나겠죠. 어쩌면 그곳에서는 제 사과를 받아주실지도……."

총소리가 들렸고, 오승태가 신음을 토하며 앞으로 쓰러졌다. 소총을 겨눈 녀석이 오승태의 뒤에서 모습을 드러냈다.

"저 자식은……."

베트콩 소년이 아직 살아있었다. 코뼈가 박살나고, 끝내 머리통마저 날아가 버렸던 녀석이 멀쩡하게 다시 붙은 얼굴로 나를 노려보고 있었다.

이놈의 귀신들은 죽지도 않는 모양이었다. 하긴 이미 한 번 죽은 몸이다. 괜히 귀신이 아니다. 그렇다면 저들의 치열한 전투도 결코 끝나지 않을 것이다. 우습고 허망한 싸움이 아닐 수 없었다.

히죽거리며 소년이 다가왔다. 조각났던 몸은 다시 합체가 되었지만 주저앉은 콧잔등만은 아직 회복이 되지 않았다. 내가 그런 생각을 하고 있다는 걸 눈치챘는지 녀석의 눈꼬리가 사납게 치켜 올라갔다. 녀석은 총구를 돌려 개머리판으로 내 뺨을 강타했다. 눈앞에서 퍼런 불꽃이 튀었다. 내게는 방어할 수 있는 힘이 더 이상 남아 있지 않았다. 바닥에 엎드린 채 고개만 들어 녀석을 쳐다봤다. 총구가 내 이마를 향하고 있었다. 놈이 방아쇠를 당기려는 찰나, 한 박자 빠르게 오승태가 덤벼들었다.

"최 중사님, 몸을 피하세요. 밀봉 풀리지 않게 조심하고요."

총알이 발사되는 소리가 연이어 들렸다. 등과 허리가 피범벅이 되었지만 오승태는 완강한 힘으로 베트콩 녀석을 제압하고 있었다.

밀봉된 깡통을 한 손에 쥐고 뛰었다. 어디로 가는 줄도 모르고 달렸다. 베트콩들에게 쫓겨 미친 듯 도망가던 그 시절처럼 헐떡이며 달릴 뿐이었다.

한참 만에 멈춰 섰다. 아니, 발이 얼어붙었다는 표현이 더 정확할 것이다. 올 것이 왔다는 생각이 들었다. 몰아쉬는 내 숨결에서 허연 입김이 날렸다.

아베가 서 있었다.

한참 동안 그 자리에 서서 나를 기다리고 있었던 것 같았다. 차갑게 굳은 얼굴로 아베는 나를 노려보고 있었다. 친구와 대면하는 눈빛이 아니었다.

죄가 들통난 어린 아이처럼 나는 어찌할 바를 모르고 진땀만 흘린 채 서 있었다. 아베에게 용서를 빌고 싶었다. 오승태가 그랬던 것처럼 사과를 하고 싶었다. 정말 미안하다고…… 그 일로 나도 십수 년 동안 가슴 아팠다고……. 그러나 어찌된 일인지 단 한마디도 나오지 않았다. 가슴속에서는 수많은 말들이 들끓었으나 입 밖으로 나오는 것은 허연 김을 토하는 한숨뿐이었다. 어쩌면 사과하고 용서를 구하기엔 너무 늦은 건지도 몰랐다.

아베가 다가왔다. 살짝 한 걸음을 떼는가 싶었는데, 어느새 코앞으로까지 바싹 다가와 서 있었다. 나는 비명을 내지르며 한 걸음 물러났다.

아베는 어깨에 메고 있던 M16소총을 풀더니 나에게 내밀었다. 영문을 몰라 주저하고 있는데 아베가 어서 받으라는 듯 총을 내 가슴팍으로 밀었다. 밀봉된 깡통을 바지 주머니에 넣고 떨리는 손으로 총을 받아들었다.

"방아쇠를 당겨라."

차가운 목소리로 아베가 말했다. 처음에는 자살하라는 뜻인 줄 알았다. 아베는 한 걸음 더 다가와 손가락으로 자신의 가슴을 짚었다.

"나를 쏘라고!"

"아베야……."

나는 간신히 입을 열 수 있었다.

"어서 쏘란 말이야! 놈들이 오고 있어."

아베는 다급히 외쳤다. 그는 두 손을 쫙 펼친 채 보란 듯이 흔들어댔다.

"나…… 난 총이 없다고!"

비로소 아베의 뜻을 알아차릴 수 있었다.

"놈들에게 잡히면 어떻게 되는 줄 알잖아? 제발 날 죽여줘!"

그때 아베가 왜 내 뒤를 필사적으로 쫓아왔는지, 그 덩굴 숲에 갇혀서 왜 나를 간절히 쳐다봤는지, 두 팔을 허우적대며 내게 하려고 했던 말이 무엇이었는지.

"어서 날 쏘고, 도망쳐! 멀리, 멀리……!"

아베는 다만 내 손에 평온히 죽고 싶었던 것이다. 그 이상의 것은 바라지도 않았다. 그저 방아쇠를 당겨주길, 적군이 아니라 친구의 손에 죽을 수 있길…… 아베의 바람은 그뿐이었던 것이다. 그의 부탁을 이제야 들어줄 수 있었다.

"미안하다."

나는 방아쇠를 당겼다. 아베의 가슴이 피로 물들었다. 그 순간 얼음처럼 굳어 있던 아베의 표정이 따뜻하게 풀리기 시작했다. 내가 기억하고 있던 유쾌하고 선한 얼굴의 아베로 돌아와 있었다. 그는 천천히 내게서 멀어졌다. 점점 작아지는 그의 얼굴에 웃음이 번지는 것도 같았다.

아베의 모습이 연기처럼 사라진 후에도 나는 움직이지 못하고 그 자리에 가만히 서 있었다.

문득 사방을 두리번거렸다. 언제부턴가 총소리도, 비명도 들리지 않았다. 주위에는 아무도 없었다. 연합군도, 베트콩도, 오승태도 보이지 않았다. 나는 폐점한 변두리 서점의 좁은 천장방에 어깨를 웅크리고 서 있었다. 내 손에는 M16소총도 쥐어져 있지 않았다. 다만 밀봉된 깡통만은 여전히 주머니 속에 있었다.

밀봉이 성공한 것이다.

주문은 마침내 힘을 잃었고, 귀신들은 모두 원래의 세상으로 돌아갔다.

어깨의 통증은 여전했다. 그러나 생각했던 것만큼 상처가 깊지는 않았다. 병원 신세까지 질 필요는 없을 것 같았다.

천장에서 내려왔다. 실내의 모습은 지저분했으나 완전히 엉망은 아니었다. 책장 몇 개가 쓰러져 있고, 책들이 바닥에 무질서하게 쏟아져 있을 뿐이었다. 총알 자국이나 폭탄이 터진 흔적 같은 것은 찾을 수 없었다.

바닥에 떨어진 벽시계가 보였다. 시간은 오전 세 시 반에 멈춰 있었다. 나는 손목시계를 들여다봤다. 다섯 시 반이었다. 두 시간 동안 이곳은 서점이 아니라 총알이 빗발치는 전장이었다. 이승과 저승이 공존하고, 현재와 과거의 시간이 함께 흐르는 혼돈의 공간이었다.

더웠다. 냉방 시설이 갖춰져 있지 않은 실내는 찜통 같은 열기에 휩싸여 있었다. 주방으로 갔다. 냉장고 문을 열고 찬 보리차를 벌컥벌컥 마신 후, 냉동 칸에 밀봉된 깡통을 넣고 문을 닫았다. 여기라면 안전할 것 같았다. 훗날 누군가의 눈에 띄어 밀봉이 풀린다 하더라도 그때쯤이면 주문의 효력도 날아가 버린 후일 것이다.

오승태의 시신을 찾아봤지만 보이지 않았다. 그는 어디로 사라진 것일까. 정말 죽은 것일까. 그게 사실이라면 이제 이 이야기를 믿어줄 사람은 아무도 없을 것이다. 문득 오승태가 그리웠고, 아베가 그리웠다.

　서점을 나오자 먼 하늘에서 어슴푸레 박명이 터오고 있었다. 바람은 이미 미지근하게 달구어져 있었다. 태양은 오늘도 무섭게 세상을 가열시킬 것이다. 새벽하늘을 바라보며 오늘의 담배 한 개비를 피워 물었다. 한 개비로 끝날지는 알 수 없지만……

유리 인형

1

닷새 전이었다. 예고도 없이 집으로 찾아온 혜리와 와인을 마시며 저녁 늦게까지 이야기를 나눴다. 주로 잡담이었고, 최근 발행된 잡지에 실린 내 단편을 두고 짧은 품평을 나누기도 했다. 베테랑 편집자답게 혜리는 내게 새 원고를 청탁하는 일도 잊지 않았다.

돌아가기 전에 혜리는 가방에서 맥주 캔 크기만 한 유리병을 꺼내 내밀었다. 달각, 하고 유리병 안에서 맑은 소리가 났다. 원기둥 모양의 유리병 안에 유리로 세공된 인형이 들어 있었다. 인형에는 색이 칠해져 있어서 언뜻 보면 유리처럼 보이지 않았다. 가까이에서 응시하면 채색된 표면 위에 주변 사물이 반사되는 것을 볼 수 있었다. 검은 머리카락을 길게 늘어뜨린 예쁘장한 여자 인형이었다. 목부터 발끝까지 검은 망토로 휘감겨 있는 모습이 흑마술을 부리던 고대 마녀를 연상케 했다. 딱히 인상적이지는 않았다.

웬 인형이냐고 묻자 혜리는 그저 선물이라고 했다. 그러면서 한마디를 덧붙였다.

"밤에는 유리병 뚜껑을 꼭 닫아둬야 해요, 선생님. 안 그러면 인형이 유리병 밖으로 나와 멋대로 돌아다닐 수 있거든요."

소소한 장난을 잘 치는 여자라 "야행성인 거야? 그럼 나하고 잘 맞겠는데?"라며 대충 맞장구를 쳐줬다. 그런데 다시 생각해 보니 그때 혜리의 표정은 취중이었음에도 꽤 진지했다. 물론 시침을 뚝 떼고 진지한 얼굴로 농담을 건넨 적이 한두 번이 아니었고, 그런 표정으로 진실을 말한 적도 많았다. 표정만으로는 말의 저의를 파악하기 힘든 여자였다.

거실 한쪽 벽을 온통 메우고 있는 원목 책장의 5층 선반 위에 인형을 올려놓았다. 인형은 그날부터 그 자리에 꼼짝도 않고 서 있었다. 인형에는 아무 관심이 없었다. 며칠 동안 그것이 있다는 것조차 까맣게 잊고 있었다. 내게는 더 중요한 일과 개인적인 문제들이 있었기 때문이다.

인형의 존재감이 피부로 와닿기 시작한 것은 바로 어젯밤부터였다.

자정이 넘은 밤, 집필실로 사용하는 작은 방에서 혼자 노트

북 자판을 두드리고 있었다. 어둡고 조용해져야만 글을 쓸 수 있어서 주로 자정 가까운 시간부터 새벽까지 집중해서 쓴다. 창 너머로 빛이 새어들고, 낮의 소음들이 들려오기 시작하면 집중력은 사라진다. 등단 초에는 밤낮의 구분 없이 글쓰기가 가능했는데 지금은 밤이 아니면 글을 쓸 수 없는 체질로 변해버렸다. 자판을 두드리는 한 평 공간을 제외한 나머지 세상이 온통 어둠과 고요에 잠겨 있어야만 글이 나왔다.

창작열에 한껏 고취되어 기세 좋게 자판을 두드리고 있는데 바깥에서 소리가 들렸다. 누군가의 발소리였다.

또각, 또각, 또각…….

자판에서 손을 떼고 거실과 맞닿은 벽 너머로 귀를 기울였다. 발소리는 다시 들렸다.

또각, 또각, 또각…….

이상했다. 어째서 또각, 또각일까.

아들이 거실을 걷고 있다면 맨발로 걷는 소리가 났을 것이다. 또각, 또각 같은 소리가 날 리 없었다. 아들이 구두를 꿰신고 거실을 돌아다닐 리도 없다. 아니 그 시간에 아들이 깨어나서 거실을 돌아다닌다는 것부터가 있을 수 없는 일이었다.

또각거리는 소리는 다시 들렸다.

옆집에서 나는 소리가 아닐까 잠깐 생각해봤지만 그것도 답이 될 수 없었다. 옆집과는 벽이 맞닿아 있지 않았다. 이곳은 아파트나 연립주택이 아니었다. 전작들의 성공에 힘입어 몇 년 전에 구입한 정원이 딸린 단독주택이었다. 옆집과는 최소 20미터는 떨어져 있었다. 또각거리는 소리는 20미터 밖에서 들리는 소리가 아니었다. 크지는 않았지만 지척에서 들렸다. 문을 열고 확인해보는 수밖에 없었다.

문 앞으로 다가가는데 발소리가 미묘하게 달라졌다.

똑, 똑, 똑…….

잰걸음으로 다급하게 걷는 소리였다. '무언가'가 내 존재를 눈치채고 도망가는 것일까. 문을 힘차게 밀고 밖으로 나왔다. 텅 빈 거실에는 어둠과 정적만이 감돌고 있었다. 현관과 베란다 창은 모두 꼭꼭 잠겨 있었다. 외부 침입은 불가능했다. 최신 보안 시설이 갖춰진 집이었다. 누군가 바깥에서 문을 따고 침입했다면 내가 알기 전에 보안요원들이 먼저 알고 달려왔을 것이다.

2층으로 향하는 계단을 올라가 아들의 방을 확인했다. 아들은 침대 위에 웅크린 채 잠들어 있었다. 숨소리가 고르게 들리는 것으로 봐서는 아들의 장난도 아닌 것 같았다. 소심하고 유약한 아들이 그런 악취미 같은 장난을 했을 리가 없다. 2층 거실에도 냉장고가 있고, 화장실이 있었다. 밤이든 낮이든 아들은 2층에서 내려오는 일이 거의 없었다.

다시 거실로 돌아왔을 때 비로소 한쪽 벽면을 차지한 원목 책장에 눈길이 갔다.

그곳에 인형이 있었다.

인형은 유리병 속에서 웃고 있었다. 뿌연 달빛이 반사된 인형의 얼굴은 창백하게 빛나고 있었다. 한 발 다가서는 순간 인형의 얼굴 위에 내 얼굴이 비쳤다. 흠칫 놀라며 물러났다. 인형이 다른 얼굴로 둔갑한 것처럼 보였던 것이다. 순간적이지만 그 얼굴이 내 얼굴이 맞는지조차 의심스러웠다.

섬뜩한 기운이 뒷목을 스쳐갔다. 유리병 뚜껑이 없다는 것을 그때야 눈치챘다. 혜리의 말이 떠올랐다.

역시 그랬던 것인가.

뚜껑이 없었기에 인형이 유리병에서 나와 돌아다닐 수 있었던 것인가.

인형의 발을 살폈다. 작고 반짝이는 은빛 유리 구두가 신겨 있었다.

위화감이 밀려왔다. 만일 저 인형이 정말로 거실 바닥을 돌아다녔다고 하더라도 내가 들은 발소리를 낼 수는 없었다. 그 소리는 저렇게 조그마한 발로 낼 수 있는 소리가 아니었다. 낮고 조심스러웠지만 묵직한 중량감이 느껴지는 구둣발 소리였

다. 인간의 발소리. 더 정확히는 어른 여자의 발소리에 가까
웠다.

콩알만 한 인형의 작은 발을 응시하고 있는 동안 새로운 상
상이 피어났다.

저 작은 발이 인간의 발만큼 커진다면…….

발이 커지는 만큼 몸도 커질 것이다. 어른만큼 큰 인형이 거
실을 돌아다녔다면 필시 또각거리는 소리가 내 방까지 들렸을
것이다. 움직이는 것만으로도 모자라서 몸을 부풀리기까지 한
단 말인가.

또각, 또각, 또각…….

기억 속에 남아 있던 발소리가 귓가에서 되살아났다. 공격적
인 눈빛으로 인형을 노려봤다. 인형은 유리병 안에 얌전히 갇
혀 있었다. 조금도 움직이지 않았고, 조금도 커지지 않았다.

그러나 장담할 수는 없었다.

처음으로 인형에 대한 두려움이 밀려왔다. 주변을 둘러봤지
만 유리병 뚜껑은 보이지 않았다. 뚜껑은 언제부터 열려 있었
던 것일까. 어디로 사라진 것일까. 인형이 스스로 뚜껑을 열고
나와 어디에 감춘 걸까. 아니, 그것은 혜리의 충고와 상충된다.
이렇게 생각하는 것 자체가 비현실적이긴 했지만 어쨌거나 뚜
껑이 닫혀 있으면 인형은 나올 수 없다고 봐야 한다.

그렇다면 누군가 일부러 뚜껑을 연 것일까.

누가?

왜?

2

원고의 내용은 거기까지였다.

커서를 빠르게 움직여 모니터 창을 모두 닫은 후, 아버지의 방을 나왔다. 정확히는 아버지의 집필실이었다.

1층에는 넓은 거실 양 끝으로 방이 두 개 있는데, 하나는 아버지의 침실이고 그보다 작은 방은 아버지의 집필실이었다. 아버지는 주로 밤부터 새벽까지 집필실에서 글을 쓴 후 침실로 건너가 오전 내내 잠을 잤다. 오후에는 출판사나 작가협회 같은 곳을 다니며 볼일을 본다.

아버지가 바깥에서 어디를 다니고, 누구와 만나는지 나는 정확히 알지 못한다. 아버지는 집에 있을 때도 나와는 거의 대화를 나누지 않았다. 아주 옛날부터 그래왔던 것 같다. 꼭 해야 할 말이 아니라면 입조차 열지 않았고, 내게 친근하게 곁을 내주는 일도 없었다.

딱히 불편하거나 쓸쓸하지는 않았다. 혼자서도 밥을 잘 차려 먹었고, 책장에서 책을 골라와 읽으면 심심할 겨를이 없었다. 밥은 전기밥솥으로 하면 되고, 반찬은 냉장고에 수북했으며, 책은 책장에 가득했다. 일주일에 두 번, 가사 도우미 이모가 와서 집안 대청소, 밀린 빨래, 마트 장보기 따위를 해주고 돌아갔다. 도우미 이모는 50세가량의 중년 여자였는데, 아버지에게는 물론이고 나에게도 꼬박꼬박 존댓말을 하며 무척 싹싹하게 일을 잘했다. 하지만 나는 도우미 이모가 좀 불편했다. 도우미 이모가 없어도 청소와 빨래는 내가 알아서 했다. 밥은 전기밥솥이, 청소는 로봇 청소기가, 빨래는 드럼 세탁기가 해줬다. 도우미 이모가 오지 않는 날도 우리 집은 깨끗했고, 잘 돌아갔다. 그래도 아버지는 도우미 이모를 꼬박꼬박 불렀다. 아버지는 벌이가 괜찮은 작가였던 것이다.

아버지는 스물여섯 살에 장편소설을 쓰며 소설가로 데뷔했지만 이후 10년 동안 책이 팔리지 않아 무명의 설움과 가난에 시달렸다. 아버지가 소설가로 빛을 보기 시작한 것은 어머니가 돌아가신 다음 해부터였다.

데뷔 이후 줄곧 역사소설만 써오던 아버지가 처음으로 공포 소설을 썼는데 그 작품이 유명한 영화감독에 의해 영화화되어 크게 성공하면서 원작소설까지 덩달아 베스트셀러가 된 것이다. 이후 아버지는 공포소설만 썼고 출간 족족 베스트셀러가 됐다. 등단 20주년을 맞은 아버지는 이제 이름만으로도 판매가 보장되는 출판계의 브랜드가 되었다. '백지수 장편소설'을 내기 위해 출판사들은 앞다퉈 아버지를 찾았으며, 독자들은 손꼽아 아버지의 신작을 기다렸다.

어머니에 대한 기억은 많지 않다. 그리움 같은 것도 없었다. 어머니는 출산일을 한 달 앞두고 뱃속의 아기와 함께 갑작스럽게 숨을 거뒀다. 아버지는 그 일을 내내 가슴 아파했다. 당시는 아버지가 무명 소설가로 지내던 시절이었다. 자신의 무능과 가난이 아내와 뱃속의 자식을 죽음에 이르게 했다고 자책하는 듯했다.

어머니가 돌아가실 무렵부터 나도 몸이 많이 안 좋았던 걸로 기억한다. 몇 번인가 병원 같은 곳에 맡겨져 치료를 받은 기억이 난다. 그때마다 나는 떼를 쓰며 그곳을 나오려고 했다. 소리를 지르고 난동을 피우고, 엉금엉금 기어서 건물을 빠져나오다가 붙잡히곤 했다. 나중에는 아버지가 나를 집으로 데리고 왔다. 내 병이 무엇이었는지는 기억나지 않지만 집에서 지내는 데는 문제가 없었다. 그러나 아버지는 나를 볼 때마다 종종 한숨을 내쉬곤 했다.

나에게 내색은 하지 않았지만 아버지는 아내의 빈자리를 채

워줄 누군가를 끊임없이 찾는 듯했다. 아버지 주위에는 여자가 많았다. 집으로 아버지를 찾아오는 손님들은 대부분 여자였다. 거의 젊은 여자들이었는데 모두 한껏 차려입고 멋을 낸 모습이었다.

아버지가 출타 중일 때는 짙은 향수 냄새를 풍기며 거실 소파에 앉아 기다리기도 했다. 그럴 때 나는 겨우 문만 열어주고 2층으로 올라와 방 안에 꼭꼭 숨어 있었다. 가끔 방을 나와 계단 난간 너머로 여자가 돌아갔는지 살피기도 했다. 여자들은 대부분 아버지가 올 때까지 기다렸고, 어떤 때는 요리라도 하는지 주방에서 뚱땅거리는 소리를 냈다. 2층까지 올라와 나를 한 번 더 보고 가는 여자는 없었다.

여자들과 함께 있을 때 아버지는 친절하고 유쾌했으며 자주 웃었다. 나를 대할 때와는 완전히 다른 모습이었다. 남들 앞에서 가면을 쓰고 살아가는 건가 싶었는데, 남들 앞에서의 모습이 아버지의 진짜 얼굴일 수도 있다는 생각이 나중에야 들었다.

아버지 주위에 여자가 생길 때마다 아버지 얼굴을 보기가 힘들었다. 그러면 2층 거실 벽에 걸린 사진 액자를 바라본다. 거기엔 나와 아버지가 함께 찍은 사진이 있었다.

내가 일곱 살 무렵이고, 아버지가 마흔 살 무렵의 사진이었다. 사진 속에서 나와 아버지는 뭐가 그렇게 좋은지 카메라를 바라보며 환하게 웃고 있었다. 내게는 너무도 먼 과거처럼 낯설고 아득한 장면이었다. 사진 속 아버지의 웃음은 지금의 아버지에게서는 결코 볼 수 없는 것이었다.

소파 테이블 밑에서 아이큐 블록을 꺼냈다. 1층에 있으려면 이거라도 만지작거리고 있어야만 아버지의 눈총을 덜 샀다. 아버지는 여느 때와 같이 출타 중이었지만 이미 저녁이었고, 언제 들어올지는 알 수 없었다. 2층으로 올라가면 그만이지만 아버지의 소설을 읽고 난 후 어떤 인형인지 궁금해서 견딜 수가 없었던 것이다.

테이블 위에 블록들을 적당히 늘어놓고 인형을 자세히 보기 위해 원목 책장으로 다가갔다. 바닥에서 천장까지 맞닿은 9단짜리 대형 책장이었는데, 책뿐만 아니라 아버지가 받은 상패나 기념품 등을 진열하는 용도로도 사용됐다. 인형은 한 칸이 텅비어 있는 5단 선반 한가운데에 있었다. 내 시선보다 조금 높은 곳이라 고개를 젖히고 인형을 올려다봐야 했다.

가슴이 두근거렸다. 인형은 소설 속에서 묘사된 것과 똑같은 장소에 똑같은 모습으로 있었다. 소설과 다른 것이 있다면 유리병 뚜껑이 확실히 닫혀 있다는 것이었다. 하지만 그 뚜껑이라는 것은 잠겨 있는 게 아니라 모자처럼 유리병 입구에 살짝 얹혀 있을 뿐이라 언제라도 쉽게 열릴 수 있을 것 같았다. 안에 있는 인형에게조차 그 일은 무척 쉬울 것 같았다.

저 인형이 정말로 움직인다면…….

실제로 그런 일이 일어난다면 소설을 읽는 것과는 비교도 안 될 만큼 무서울 것 같았다. 살아 움직이는 인형이라니…… 생각만으로도 끔찍하다. 물론 그런 일은 일어나지 않을 것이다. 그것은 소설 속에서만 가능한, 현실에서는 있을 수 없는 일이다.

무서웠지만 인형을 직접 만져보고 싶은 욕구가 일었다. 그렇게 해서라도 인형에 대한 두려움을 극복하고 싶은 것인지도 몰랐다. 현관은 굳게 잠겨 있고, 아버지가 들어온다면 대문 열리는 소리부터 날 것이다. 인형을 잠깐 보고 제자리에 갖다 놓을 정도의 시간은 충분했다.

심호흡을 하고 유리병을 집었다. 달각, 하는 소리가 나며 얼음처럼 차가운 감촉이 손가락에 전해졌다. 손가락부터 팔뚝까지 싸늘하게 소름이 돋았다.

유리병 뚜껑을 열고 검은 유리 인형을 끄집어냈다. 눈앞에서 들여다본 인형은 생각만큼 작지 않았다. 더 가까이에서 보려고 고개를 숙이자 인형의 얼굴 위로 내 얼굴이 비쳤다. 흠칫 놀라며 고개를 들었다. 인형이 다른 얼굴로 둔갑하려는 것처럼 보였던 것이다.

섬뜩한 기운이 뒷목을 스쳐갔다. 인형을 쥔 손아귀에서 이상한 감촉이 느껴졌다. 인형의 몸이 미끈거리며 순간적으로 늘어나는 느낌이 들었다.

"으악!"

소스라치게 놀라며 쥐고 있던 인형을 놓아 버렸다. 다른 손에 쥐고 있던 유리병도 미끄러지며 바닥으로 떨어졌다.

가슴이 덜컥 내려앉는 듯했다. 유리가 산산조각나며 잘게 부서지는 이미지와 함께 아버지의 노한 얼굴이 불쑥 떠올랐다. 눈앞이 캄캄해지는 기분이었다.

실제로 나는 눈을 감고 있었다. 인형과 유리병을 동시에 놓치면서 나도 모르게 질끈 눈을 감아 버린 것이다. 숨을 멈추고 천천히 눈을 떴다.

깨진 유리 조각은 보이지 않았다. 발에서 멀리 떨어진 곳에 인형이 천장을 보며 똑바로 누워 있었다. 유리병은 그보다 더 먼 곳까지 굴러가 있었다. 다행히 둘 다 깨지지 않았다. 참았던 숨을 몰아쉬었다.

손아귀에서 느껴진 이상한 감촉은 뭐였을까. 어렸을 때 정원에서 잡은 개구리를 손안에 쥐고 있었을 때의 느낌과 비슷했다. 뭔가가 뭉클 차오르며 몸피를 부풀리는 느낌…… 인형이

자라난 것일까.

나는 꼼짝 않고 서서 인형을 내려다봤다. 크기가 커진 것처럼 보이지는 않았다.

소설대로라면 저 인형을 선물한 사람은 고혜리라는 여자다.

고혜리의 모습은 언제라도 생생하게 떠올릴 수 있었다. 눈이 크고 이목구비가 탤런트처럼 선명한 여자였다.

머리카락은 비행기 승무원처럼 언제나 뒤로 동그랗게 말아 단단히 묶은 모습이었으며 입고 다니는 옷도 대부분 스커트에 정장 차림이었다. 도시적인 세련미와 품위를 갖춘 여자라고 할 수 있을 것이다. 빨간 입술을 활짝 열면서 함박웃음을 지을 때면 누구라도 반할 만큼 예뻤다.

그녀는 출판사 직원이었고, 아버지가 근자에 낸 책들의 편집자였다. 아버지의 책 뒤쪽 서지에서 그것을 확인할 수 있었다. 고혜리는 자주 우리 집을 드나들었다. 내가 고혜리를 처음 본 게 작년 봄 즈음이었으니 아버지와의 만남은 훨씬 이전부터였을 것이다.

아버지를 찾아온 다른 여자들과 마찬가지로 고혜리도 짙은 화장에 진한 향수 냄새를 풍겼으며, 처음부터 아버지에게 무척 친밀하게 다가서는 것처럼 보였다. 아버지도 고혜리를 싫어하지 않는 눈치였다. 그러니 오랜 시간 함께 작업을 해왔을 것이다. 소설 속에 묘사된 것처럼 두 사람이 거실 소파나 식탁에서 함께 술을 마시며 늦도록 다정한 대화를 주고받는 모습을 종종 엿볼 수 있었다.

아버지에게는 무척 상냥하고 친절했지만 나를 바라보는 고혜리의 눈빛은 싸늘했다. 이 집을 찾아왔던 다른 여자들처럼. 아니 고혜리는 그들보다 더욱 차가운 시선으로 나를 대했다. 그것은 이전의 여자들과는 다른 무언가가 고혜리의 마음에 존재하고 있기 때문일 것이다.

고혜리는 무슨 생각으로 저 인형을 아버지에게 선물한 것일까. 밤에는 인형이 멋대로 돌아다닐 수 있으니 조심하라는 충고도 아버지가 지어낸 것이 아니라 정말로 그 여자가 했던 말이 아닐까? 저 인형은 정말로 움직이는 인형일까? 몸까지 마음대로 부풀릴 수 있는 것일까?

그런 생각에 빠져 있는데 멀리서 대문 열리는 소리가 들렸다. 현관 앞에 마련된 방범 모니터로 아버지가 정원을 가로질러 오는 모습이 보였다.

인형과 유리병을 허겁지겁 주워 원상태로 돌려놓고, 소파에 걸터앉았다. 아버지가 현관으로 들어설 때 나는 아무렇지도 않은 표정으로 아이큐 블록을 만지고 있었다. 가슴이 바짝 타들어가고, 등줄기로 땀이 줄줄 흘러내렸지만 겉으로는 태연하게 굴었다. 나를 바라보는 아버지의 찌푸린 시선이 느껴졌다. 일어서서 아버지에게 꾸벅 인사를 했다. 아버지 뒤로 다른 얼굴 하나가 불쑥 나타났다. 내 시선은 그 얼굴에서 얼어붙듯 멈추고 말았다.

하얗게 분칠한 얼굴에 또렷한 이목구비, 비행기 승무원처럼 뒤로 단단하게 말아 올린 머리카락, 미소 짓는 붉은 입술.

고혜리였다.

3

발소리가 다시 들렸다. 벌써 사흘째다.

또각, 또각, 또각…….

마룻바닥 위로 딱딱한 구두굽이 닿는 소리. 보폭이 조금 짧고 잰 것이 여자의 걸음걸이가 틀림없었다. 자판에서 손을 떼고 방문으로 걸어갔다. 발소리는 잠깐 멈췄다가 똑, 똑, 똑 빠르게 이어지며 어딘가로 다급히 향했다. 내가 문을 열기 전에 본래의 자리로 돌아가려는 것이다.

거실로 나왔다. 베란다 창으로 달빛이 새어들고 있었다. 달은 보름을 향해 차오르고 있어 달빛은 매일 밤 밝아지고 있었다.

인형은 그 자리에 있었다.

유리병 뚜껑은 여전히 없었다. 낮에 시간을 들여 찾아봤지만 소용없었다.

입구가 휑하니 열린 유리병을 집어 들었다. 유리 인형의 얼굴 위로 다시금 내 얼굴이 비쳤다. 얼른 고개를 들었다. 유리 표면에 내 얼굴이 비칠 때마다 불길한 느낌이 들었다.

인형은 웃고 있었다. 길고 검은 머리카락을 허리까지 늘어뜨리고 커다란 눈을 치켜뜬 채 빨간 입술로 의미심장한 미소를 짓고 있었다. 늘 그 표정이었다.

아니, 나는 확신할 수 없었다. 어제도 과연 이 표정이었을까.

유리병 바닥에는 작은 금이 가 있었다. 어제 저녁에 발견한 것이었다. 그 작은 흠집을 보면서 많은 생각을 했다. 누구의 짓일까. 아들 녀석일까. 내가 집을 비운 사이 아들이 이것을 만지다가 떨어뜨리기라도 했을까. 충분히 있을 수 있는 일이고, 이치에 맞는 생각이었다. 열두 살에 불과한 어린 아이니 인형이든 뭐든 새로운 물건에 호기심을 보일 만도 했다. 그러나 다른 아이들이라면 몰라도 아들이 그런 행동을 했다는 게 뭔가 꺼림칙했다.

아들의 성장 과정은 남달랐다. 바깥으로 나돌거나 누군가와 함께 놀기 좋아하는 또래 아이들과는 다른 성향을 보였다. 아주 오래전부터 아들은 자기 방에 틀어 박혀 혼자 책 읽고, 상상하는 것을 좋아했다. 집 안에는 많은 책이 구비되어 있어 아들의 독서가 중단되는 일은 없었다. 책을 읽을 때 아들은 놀라운 집중력을 보이며 종종 현실과 분리되곤 했다. 상상에 빠져 있을 때도 마찬가지였다. 독서와 상상이 아들을 키운 8할이라 해도 과언이 아닐 것이다. 그 8할은 내 손이 미치기 힘든 부분이기도 했다.

아들이 인형에게 관심을 보였다면 또래와 같은 단순한 호기심 때문만은 아닐 것이다. 혹시 아들도 인형에게서 어떤 수상한 기운을 감지한 게 아닐까. 또각거리는 발소리가 아들에게도 들렸을까. 설마 인형이 2층까지 활보하고 다닌 것일까.

생각할수록 기분 나쁜 인형이었다. 유리병 바닥에 금이 간 것도 인형의 짓이 아니었는지 의심스러웠다. 유리병 안으로 다급히 돌아가려다가 바닥에 흠집을 낸 게 아닐까.

고개를 저었다. 근심은 의심을 부르고, 의심은 근심을 낳았다. 비현실적인 상상에서 빨리 빠져나와야만 했다. 병뚜껑이 사라지고, 유리병 바닥에 금이 가고, 밤마다 발소리가 들리는 것에는 필시 논리적이고 타당한 다른 이유가 있을 것이다. 아직 그것을 찾지 못했을 뿐이다.

꺼림칙한 인형이지만 버릴 수는 없었다. 인형이 움직이는 모습을 직접 본 것도 아닌데 공연히 혜리의 기분을 상하게 할 수는 없었다. 앞으로 더 긴 시간을 함께해야 할지도 모르는 여자였다.

찜찜한 기분을 애써 떨쳐내며 인형을 제자리에 올려놓았다.

다음 날 바깥에서 혜리와 만났다. 함께 식사를 하고 카페에서 커피를 마시며 원고 얘기를 나눴다. 갑자기 생각났다는 듯 인형에 대해 넌지시 물었다.

"그런데 그 인형 말이야. 무슨 인형이야?"

"무슨 인형이라뇨?"

천진하게 눈을 치켜뜨며 혜리가 되묻자 말문이 막혔다. 아무것도 모르겠다는 표정으로 눈을 동그랗게 뜬 모습이 앳된 여학생처럼 보였다. 맑고 커다란 눈동자가 주는 인상 때문에 서른셋이라는 나이가 한순간에 지워지는 것이다.

"아니, 잘은 모르지만, 인형이라고 해도 어떤 의미가 담긴 것들이 있잖아? 마트료시카 같은 경우는 인형 안에 작은 인형들이 계속 나와서 행운을 부르는 인형이라고 하고, 반면에 부두인형 같은 경우는 주술사가 주술의 도구로 사용하는 인형이라좀 어둡고 불길한 의미가 담겨 있고……."

"어머, 선생님. 설마 제가 드린 인형에 어둡고 불길한 의미가 담겨 있다고 생각하시는 거예요?"

혜리는 오므린 입술에 살짝 미소를 지으며 재미있다는 표정을 지었다. 나는 손사래를 치며 강하게 부인했다.

"아니, 그냥 예를 든 것뿐이야. 고 팀장이 나에게 불길한 인형을 줄 리 없잖아. 하하……."

혜리가 나를 가만히 응시했다. 그녀의 입가엔 여전히 희미하게 미소가 걸려 있었지만 표정은 점점 진지해지고 있었다.

"선생님. 사실 그 인형 보통 인형이 아니에요."

혜리는 커피 잔을 옆으로 치우더니 상반신을 내게로 기울였다. 샤넬 향이 코끝을 자극했다.

"그 인형 밤에 돌아다니지 않던가요?"

혜리가 목소리를 낮춰 물었다. 그녀의 얼굴이 코앞까지 다가와 있었다. 미지근한 숨결이 느껴졌다. 나는 당혹스러웠지만 내색하지 않으려 애썼다. 지난번처럼 혜리의 의중을 쉽사리 짐작할 수 없었다.

"글쎄. 발소리는 들은 것도 같고. 역시 그 인형이 내는 소리였나?"

짐짓 가벼운 어투로 말했다. 혜리의 얼굴은 여전히 진지했다. 입가의 웃음기도 사라지고 없었다.

"그랬군요. 저도 혹시나 했는데, 정말 움직였네요."

짧은 한숨을 내쉬는 혜리의 얼굴은 복잡한 심정에 사로잡힌 듯 조금 어두워 보였다. 혜리의 숨결이 멀어졌다. 그녀는 의자 등받이에 등을 기댄 채 고민하는 표정으로 잠깐 망설이다가 옆자리에 놓아둔 가방을 열었다.

"이거요. 사실……."

혜리는 가방에서 무언가를 꺼내 테이블 위에 올렸다. 사라졌던 유리병 뚜껑이었다. 저게 어떻게 혜리의 손에…….

"제가 가져왔어요. 선생님께 그 인형을 드리고 나흘 후에 선생님 댁을 또 찾아갔었잖아요? 저는 호기심에라도 선생님께서 뚜껑을 열어봤을 거라 생각했는데, 선생님은 아무 말씀도 없으시고, 유리병 뚜껑은 제가 줬던 그대로 닫혀 있잖아요. 보아 하니 선생님은 인형에도, 제가 했던 말에도 아무 관심이 없는 것 같았어요. 그래서 선생님 댁을 나올 때 몰래 뚜껑을 가져왔죠. 약간 심통도 났고, 또 그게 사실인지 확인하고 싶기도 해서……."

"그게 사실인지 확인하고 싶었다니? 뭘 말이야?"

혜리는 무슨 멍청한 질문이냐는 듯 나를 말똥말똥 쳐다봤다.

"인형 말예요. 정말로 움직이는지 아닌지."

"잠깐만. 그럼 이 인형, 정말로 움직이는 인형이라는 거야?"

"금방 선생님께서 그러셨잖아요. 발소리를 들었다고."

"그럼 그게……."

"제가 뚜껑을 가져간 그날부터였죠?"

확실히 그런 것 같았다. 내가 고개를 끄덕이자 혜리의 표정은 한층 심각해졌다. 귀신의 정체를 알아버린 아이처럼 근심과 흥분이 뒤섞인 얼굴이었다.

"역시 움직이는 인형이었어요. 거짓말이 아니었네요. 선생님, 정말이었어요."

"그 인형……."

이번에는 내가 테이블에 몸을 기댄 채 상반신을 기울였다.

"도대체 어디서 난 거야?"

혜리의 붉은 입술이 파르르 떨리다가 돌연 미소로 바뀌었다.

"샀어요."

"어디서?"

"지난달에 해외 출장을 다녀왔다고 했잖아요. 케이프타운에 갔었어요. 《포페》라는 책이 있는데 작년 말부터 지금까지 현지에서 인기가 엄청나다는 거예요. 남아공 전체를 떠들썩하게 할 정도였대요. 그런데 내용도 거의 알려진 바가 없고, 원고 샘플을 보고 싶어도 구할 방법이 없었어요. 제목이 아프리칸스어로 '인형들'이라는 것만 알 수 있었는데, 인형에 얽힌 무시무시한 이야기일 거라는 짐작만 할 뿐 소설인지 논픽션인지도 알 수 없었어요. 아마존에 검색을 해봐도 검색이 안 되는 걸로 봐선 아직 영미권에서도 출간이 안 된 작품 같았어요. 어찌어찌 현지 출판사와 연락이 닿았는데, 이 사람들이 무슨 배짱인지 출판 계약을 하고 싶으면 직접 찾아오고 그게 아니라면 책에 관해서는 일체의 정보를 줄 수 없다는 거예요. 황당했죠. 또 오기도 생기고, 호기심도 생기고, 소문 듣고 다른 출판사에서 먼저 낚아채가지 않을까 하는 염려도 생겨 편집장님과 함께 현지로 날아갔죠."

혜리는 거기까지 말하고 잔을 들어 식은 커피를 한 번에 홀짝 마셨다. 커피 맛 때문인지 아니면 케이프타운에서의 기억 때문인지 혜리는 미간을 살짝 찌푸리며 씁쓸한 표정을 지었다.

"출판사로 찾아갔다간 곧바로 계약서에 도장을 찍어야 할 분위기라 일단 케이프타운 중심가를 돌면서 서점들을 방문했어요. 《포페》라는 책은 과연 베스트셀러가 맞는지 서점 매대마다 책이 수십 권씩 쌓여 있었고, 책 포스터도 서점 곳곳에 붙어 있었어요. 책 내용을 살피려고 책장을 넘겼는데 전부 아프리칸스어로 인쇄되어 있어 내용을 파악할 수 없었죠. 다른 서점을 둘러봐도 영어 버전은 없었어요. 어쩔 수 없이 아프리칸스어로 된 책을 두 권 구매했죠. 편집장님이 아는 사람 건너고 건너 아프리칸스어를 할 줄 아는 사람을 찾을 수 있다고 했죠. 그렇게 아무 소득도 없이 케이프타운 변두리를 돌아다니는데 길거리에 앉아 있던 어떤 걸인처럼 보이는 노인이 나를 부르는 거예요. 갖가지 물건을 파는 노점상이었어요."

인형은 그 노인의 손에서 나온 것이었다.

"수염이 하도 텁수룩해서 노인인 줄 알았는데 자세히 보니 이목구비가 반듯하고 눈빛이 형형한 게 나이가 선생님 정도밖에 안 되어 보이는 거예요. 영어도 잘하고, 인상도 괜찮아 보여 그 사람이 내미는 인형을 구입하려 했는데 가격이 엄청나서 잠깐 망설였어요."

"얼마나 비쌌는데?"

"선생님이 지금 상상하시는 것보다 한 스무 배쯤 더 비쌀 걸요."

나는 어깨를 으쓱 올렸다. 상상이 안 되는 가격이었다.

"내가 망설이는 기색을 보이자 그 사람이 이렇게 말하는 거예요. 이것은 무서운 인형이다. 하지만 너에게는 어떤 식으로든 행운을 가져다줄 것이다. 네가 사랑하는 이에게 선물하면 그에게도 어떤 식으로든 행운을 가져다줄 것이다."

"어떤 식으로든이라니……?"

"그때 저는 서슴없이 값을 지불하고 인형을 샀어요. 선생님께 꼭 선물해드리고 싶었거든요."

내 질문을 무시하고 혜리는 신나게 말했다. '무서운 인형'이라는 말보다 '어떤 식으로든'이라는 말이 마음에 걸렸다. 혜리는 그런 것에 별로 신경을 쓰지 않는 듯 보였다. 혜리는 커다란 눈을 깜박이며 나를 응시했다.

"선생님은 어떤 식으로든 행운이 필요하지 않아요?"

내가 가만히 있자 혜리는 다시 상반신을 기울이며 다가왔다. 향수 냄새가 엎질러진 물처럼 밀려왔다. 향기는 촉수를 내뻗어 나를 단단히 붙잡아 매는 듯했다. 혜리는 꼼짝도 못하는 나를 보며 은밀한 미소를 지었다.

"가령 선생님께서 골치 아파하는 문제를 그 인형이 대신 해결해준다면 행운 아니겠어요?"

혜리의 얼굴이 별안간 낯설고 불가해하게 느껴졌다. 나는 입가에 의미 없는 미소를 지으며 몸을 뒤로 뺐다. 으스스한 냉기가 어깨부터 팔뚝으로 천천히 흘러내렸다. 낯설고 이해할 수 없는 것은 무서운 것이다. 귀신이나 외계의 존재처럼.

소름이 돋아난 팔뚝을 감추려고 두 팔을 테이블 아래로 내렸다. 혜리는 대답을 기다리는 얼굴로 나를 말끄러미 쳐다보고 있었다. 뭐든 답을 해줘야만 했다.

"뭐 행운이 온다면야 좋은 일이지만……."

그렇게 말하고 바보처럼 하하, 웃었다. 혜리가 원하는 대답을 해준 것인지 알 수 없었다. 혜리의 표정이 실망으로 바뀔까 봐 두려운 마음도 들었다. 맥락 없는 생각이지만 혜리를 실망 시키면 정말 무서운 일이 벌어질 것만 같았다.

그날 밤 다시 발소리가 들렸다. 자정이 넘은 시각이었다. 문 앞에서 숨죽이며 기다리고 있던 나는 소리가 들리자 곧장 문을 열고 나갔다.

똑, 똑, 똑, 똑……

멀어지는 발소리가 어둠 저편에서 들렸다. 방향은 가늠하기 힘들었다. 미처 유리병 속으로 돌아가지 못한 인형이 나를 피 해 도망간 것이다. 하얀 달빛 아래 거실의 모습이 훤히 드러났 다. 책장으로 눈길을 돌렸다.

인형은 그 자리에 없었다.

수직의 관을 연상시키는 원통형의 작은 유리병만 덩그러니 남긴 채 인형은 사라지고 없었다. 뚜껑도 없었다.

혜리가 다시 가져갔던가?

카페 테이블 위에 놓여 있었던 건 기억나는데 이후에 그걸 누가 치웠는지는 기억나지 않았다. 내가 가져온 건 아니니 혜 리가 가져갔을 수도 있고, 혜리마저 깜박했다면 카페 종업원이 치웠을 수도 있다. 어쩌면 별 거 아니라 생각하고 누군가가 버 렸을지도 모른다. 만일 그렇다면 저 유리병은 이제 영영 닫히지 않는 것이다.

문 앞에서 기다릴 때는 조그만 인형에 불과하니까 무기 따위
는 필요 없을 거라 생각했으나 막상 거실로 나와 보니 무기 하
나쯤은 쥐고 있어야 불안하지 않을 것 같았다. 단단한 등산용
스틱을 한 손에 쥐고 인형을 찾았다.

거실과 주방, 현관에는 보이지 않았다. 침실 문을 열고 안을
살폈다. 혹시나 싶어 장롱까지 일일이 열어봤지만 인형은 없
었다.

그때 등 뒤에서 미세한 바람의 움직임이 감지됐다. 스틱을
치켜들고 거실로 나왔다. 거실 창들은 모두 꼭꼭 닫혀 있었다.
바람이 또 한 번 머리칼을 스치며 지나갔다. 2층이었다.

한걸음에 2층으로 올라갔다. 2층 거실 벽에 걸린 사진이 먼
저 눈에 들어왔다. 이어서 아들의 방문 쪽으로 시선을 던졌다.
방문이 조금 열려 있었다. 바람은 그곳에서 불어오고 있었다.

천천히 다가가 방문을 열었다. 찬 기운이 물씬 밀려왔다. 등
산용 스틱을 한 손에 쥐고 다른 손으로 스위치를 올리려다가
멈췄다. 아들의 방도 달빛으로 환했다. 창 앞에 내려진 자주색
커튼이 끊임없이 펄럭이고 있었다.

인형은 책상 위에 우뚝 서 있었다. 방문 앞에 선 나에게는 뒷
모습을 보인 채, 아들이 누워 있는 침대를 내려다보고 있었다.

분명히 내려다보고 있는 것처럼 보였다. 딱딱한 유리로 만들어진 것임에도 불구하고 인형의 고개가 앞으로 살짝 꺾여 있었기 때문이다. 바람이 조금만 더 세게 불면 긴 머리카락마저 출렁하고 움직일 것 같았다.

스틱을 쥔 손이 부들부들 떨렸고, 기도가 수축되어 숨이 제대로 쉬어지지 않았다. 목덜미, 등, 겨드랑이에서 땀방울이 줄줄 흘러내리는 게 느껴졌다. 온몸이 근질근질했고, 머릿속은 어지러웠다.

기울어 있던 인형의 고개가 어느 순간 꼿꼿하게 세워졌다.

내 존재를 알아차린 것이다. 인형은 나를 향해 천천히 고개를 돌렸다. 부드럽게 움직이는 게 아니라 구분 동작을 보여주듯 뚝뚝 끊어지는 움직임이었다. 싸늘한 바람이 얼굴에 닿았다. 창에서 불어오는 바람인지 인형이 내뱉는 숨결인지 알 수 없었다. 미소 짓는 얼굴이 마침내 시야에 들어왔다. 더는 가만히 있을 수 없었다.

스틱을 휘두르며 방 안으로 뛰어들었다. 딱, 하는 소리와 함께 스틱은 방문 모서리에 부딪히며 내 손을 빠져나갔고, 무기를 잃은 맨몸만 인형 앞으로 바짝 다가갔다.

인형의 얼굴을 가까이에서 대면하는 순간 나는 전의를 상실하고 말았다. 인형의 미소는 내가 기억하고 있는 것보다 더 일그러져 있었고, 눈빛은 사악하게 변해 있었다. 심지어 덩치까지 불어나 있었다. 한 손에 들어올 만큼 작았던 인형이 돌 지난 아기만큼이나 커져 있었다.

그 자리에 주저앉았다. 비명도 나오지 않았다. 더 끔찍한 표정으로 변해가는 인형의 얼굴이 두려웠으나 시선을 뗄 수 없었다. 시선을 돌리는 순간 '어떤 식으로든' 인형의 공격이 시작될 것만 같았다.

아들이 나를 부르는 소리가 들렸다.

잠에서 깬 아들이 침대 위에서 나를 바라보고 있었다. 무슨 일이냐고 묻는 아들에게 나는 "인형이……."까지 말했다가 그만 입을 다물었다.

인형은 책상 위에 놓인 채 꼼짝도 하지 않고 있었다. 처음 유리병 속에 담겨 있던 모습 그대로였다. 표정도, 미소도, 크기도 변함이 없었다.

그러나 장담할 수는 없었다.

엉거주춤 일어나 한 손으로 인형을 집었다. 차고 딱딱한 감촉이 느껴졌다.

"이게 왜 여기에 있는 건지 알고 있어?"

손에 들린 인형과 아들을 번갈아 보면서 물었다. 아들은 또렷하게 고개를 저었다. 예상했던 반응이었다. 아들도 아니고,

나도 아니면 결국 인형이 스스로 움직인 것이다. 그 노인의 말처럼, 뚜껑을 가져간 혜리의 기대처럼, 이것은 정말로 움직이는 인형이었던 것이다.

아들의 방을 나와 거실로 내려왔다. 인형을 원래 있던 자리에 세워 놓았다.

"인형이 유리병에서 나와 2층까지 혼자 걸어왔어."

이 말을 했던 것 같은데, 아들 방에서 했는지 계단을 내려오면서 혼자 중얼거렸던 것인지 기억나지 않았다. 나는 반쯤 넋이 나가 있었다.

책장 앞에 서서 한참 동안 인형을 바라보다가 뚜껑 없는 유리병을 거꾸로 세워 인형을 그 안에 가둬 버렸다. 그것으로 인형이 봉인되었다는 확신 같은 것은 들지 않았다. 저 인형은 무슨 수를 써서라도 다시 움직일 것이다.

4

더 이어지는 내용은 없었다. 커서를 움직여 모니터 속의 창을 모두 닫고, 아버지의 집필실을 나왔다.

벽시계는 오후 4시를 가리키고 있었다. 아버지가 귀가하기에는 아직 많이 이른 시각이었다. 소파에 앉아 두근거리는 마음으로 책장을 올려다봤다.

인형은 그 자리에 있었다. 소설에 묘사된 모습과 똑같이 검은 옷을 입고, 검고 긴 머리칼을 늘어뜨린 채, 빨간 입술로 웃고 있었다. 소설과 다른 것이라면 뚜껑이 제대로 닫힌 유리병 속에 얌전히 갇혀 있다는 것이다. 물론 가장 큰 차이점이라면 인형이 움직이지 않는다는 것이다.

인형이 움직인다는 설정은 소설 원고 안에서나 가능하다. 실제로 그런 일이 일어날 리는 없다. 태엽을 감거나 리모트컨트롤로 조작하는 인형이 아닌 이상 저절로 움직일 수는 없는 것이다. 적어도 나는 그렇게 믿었다.

그러나 장담할 수는 없었다.

아버지의 원고 속에 나왔던 구절이다. 아버지의 원고가 사실을 어디까지 기반하고 있는지 알 수 없었다. 고혜리가 아버지에게 했던 말들이 모두 사실이고, 소설 속 아버지의 행동들까지 모두 사실이라면 어떻게 되는 걸까. 저 인형은 정말로 움직이는 인형인 걸까.

어젯밤, 아버지가 내 방에 들어왔었다. 소설 내용과 똑같은 상황이 내 방에서 벌어졌던 것이다.

소란스런 소리에 놀라 눈을 뜨니 아버지가 컴컴한 방바닥에 앉아 겁먹은 얼굴로 책상 위를 응시하고 있었다. 책상 위에는 인형이 놓여 있었다.

"이게…… 왜 여기에 있는 건지 알고 있어?"

아버지는 약간 거친 말투로 내게 물었다. 나는 고개를 저었다. 아버지는 내 뜻을 얼른 알아차리지 못하고 목소리를 더 높였다.

"안다는 거야, 모른다는 거야?"

나는 강조하듯 더욱 힘차게 고개를 저었다. 두려웠다. 책상 위에 인형이 놓여 있는 것도 섬뜩한 일이었지만 아버지의 행동, 아버지의 목소리, 아버지의 표정이 나를 두려움에 떨게 했다. 아버지는 조심스럽게 인형을 집어 들더니 한참 동안 나와 인형을 번갈아 쳐다봤다.

"인형이 유리병에서 나와 2층까지 혼자 걸어왔어."

아버지는 그렇게 말하고 방을 나갔다.

집필실로 숨어들어 아버지의 원고를 훔쳐보기 시작한 지 벌써 두 달이 다 되어간다. 집 안의 책들을 거의 다 읽었을 무렵이었다. 아버지는 내가 자신의 원고를 훔쳐볼 거라고는 추호도 의심하지 않는지 노트북이나 원고를 저장해 놓은 파일에 보안장치를 일체 해놓지 않았다. 그 흔한 비밀번호조차 걸어놓지 않아 나는 거리낌 없이 노트북을 열고, 아버지의 원고 파일들을 불러올 수 있었던 것이다. 그동안 읽어왔던 책 대부분 소설과는 거리가 먼 것들이라 나는 아버지의 원고를 통해 소설에 대한 흥미를 거의 처음 느끼게 되었다. 아버지가 써 내려가는 따끈따끈한 신작 원고를 조금씩 훔쳐보는 일은 내게 다양한 즐거움을 선사했다. 소설 읽기의 즐거움, 훔쳐보는 즐거움 그리고 미약하게나마 아버지를 농락할 수 있다는 기분도 나쁘지 않았다. 나도 모르게 내 안에서 조금씩 쌓여온 아버지에 대한 불만이나 반항심 같은 걸 원고 훔쳐보기를 통해 약간은 해소할 수 있었다.

그런데 이번 원고를 읽으면서 처음으로 두려움에 사로잡혔다. 그동안 원고를 훔쳐보면서 두려운 마음이 없던 건 아니지만 그때의 두려움이 낯선 세계로 모험을 떠나는 아이의 두근거리는 설렘과 비슷한 것이었다면 이번의 두려움은 말 그대로 공포였다. 낯설고 무시무시한 대상과 직접 맞닥뜨렸을 때 느끼는 경악스러운 공포와 전율. 아버지의 원고에도 그런 구절이 있었다.

낯설고 이해할 수 없는 것은 무서운 것이다. 귀신이나 외계의 존재처럼.

지금까지 한 번도 그런 존재와 맞닥뜨린 적이 없었다. 그동안 내가 살아온 삶은 내가 가진 사고와 경험만으로도 이해가

가능한 한정된 세계 속의 단순한 것들이었다. 간혹 생소한 단어나 정보를 만나더라도 크게 놀라지 않았다. 관련 도서나 사전을 통해 곧 익숙한 지식으로 체화시킬 수 있었기 때문이다. 체화가 불가능한 존재와 만났을 때 사람은 공포를 느끼는 것이다.

아버지의 미완성 원고 내용대로 현실이 기괴하게 변해가는 것일까. 아니면 기괴하게 변해가는 현실을 아버지가 소설화시키고 있는 것일까.

뭐가 됐든 같은 말이고, 말이 안 되는 소리다. 인형이 소설 속에서도, 현실 속에서도 똑같이 살아 움직인다니. 소설과 현실의 경계가 허물어지는 그런 일은 있을 수가 없다.

어젯밤 내가 목격한 아버지의 행동만으로 판단한다면 소설 속 내용이 현실과 거의 부합한다고 볼 수 있었다. 아버지의 표정이나 행동은 정말 '리얼'해 보였다. 다만 여전히 소설과 부합하지 않는 것은 뚜껑의 존재 유무였다.

소설 속에서와는 달리 현실에서는 인형이 담긴 유리병에 뚜껑이 존재하고 있었다. 별 것 아닌 것 같지만 소설에서는 뚜껑의 역할이 컸다. 뚜껑이 닫혀 있던 처음 며칠간은 아무 일도 일어나지 않았던 것이다. 그것은 소설 초반 고혜리가 아버지에게 인형을 건네며 했던 충고와도 일치하는 부분이었다. 고혜리가 뚜껑을 가져간 그날 밤부터 인형은 움직이기 시작했다. 그렇다면 뚜껑이 내내 닫혀 있던 현실에서는 아무 일도 일어나지 않았어야만 했다. 그럼에도 소설과 같은 일이 현실에서도 일어나고 있는 것이다. 이것이 이해할 수 없는 부분이고, 이해할 수 없기에 두려웠다.

눈에 힘을 주고 인형을 노려봤다.

움직이는 인형이라면 내 눈으로 직접 확인하고 싶었다. 살아 있는 인형이라면 내 따가운 시선에 발끈하여 돌아볼지도 모른다. 그러나 정말로 돌아보게 된다면 현실은 무너지고 만다. 절대로 그런 일은 일어나지 않을 것이다. 하지만 인형을 응시하고 있는 짧은 시간 동안 온몸은 식은땀으로 범벅되었고, 무릎이 후들거려 서 있기조차 힘들었다. 인형이 모가지를 홱 돌려 나를 쳐다보는 장면이 머릿속에서 수없이 되풀이되고 있었다. 나중에는 그것이 머릿속에서 일어나는 일인지 눈앞에서 실제 벌어지고 있는 일인지조차 구분하기 힘들 지경이 되었다.

뚜껑이 닫혀 있으니 절대 그럴 리 없어.

이렇게 생각하며 스스로를 안심시켜봤지만 그 또한 소설과 현실의 경계를 뒤흔드는 위험한 사고에 불과했다. 뚜껑이야 있든 없든 현실에서는 결단코 인형이 움직일 수 없는 것이다. 이 확고한 이성적 논리를 나는 이미 망각한 것이다. 두려움에 굴

복하고 만 것이다.

결국 인형에게서 시선을 거두고 말았다. 가슴속에서 불붙기 시작한 이 낯선 두려움은 내 힘으로 감당하기 힘든 것이었다. 아버지의 원고를 훔쳐보는 일을 그만둬야겠다는 생각이 들었다. 두려움의 근원은 거기에 있었던 것 같다. 이번 신작 원고를 읽으면서부터 현실이 조금씩 어그러지기 시작했다. 원고를 읽지 않았다면 지금처럼 인형의 시선을 두려워하지 않았을지도 모른다. 원고를 읽지 않았다면 아버지의 행동에 대해서도 다른 식의 해석을 찾았을 것이다.

물론 이제 와서 원고 읽기를 중단할 수도 없는 노릇이었다. 소설이 어떻게 마무리될지도 궁금했고, 원고 내용을 통해 현실을 예측하고 진단하는 일도 그만둘 수 없었기 때문이다. 소설 내용을 숙지하지 않은 채 맞닥뜨리는 현실은 더 감당하기 힘들 것 같았다.

늦은 시각에 고혜리가 아버지를 찾아왔다. 나는 2층에 있었지만 방문객이 고혜리임을 금방 알아차릴 수 있었다. 고혜리는 현관으로 들어서자마자 대뜸 "인형이 또 움직였어요?"라고 물었다. 아버지의 대답은 들리지 않았다. 그들의 대화를 엿듣고 싶었다. 인형과 관련된 이야기라면 나도 들어야만 했다.

2층 난간 사이로 아래를 살폈다. 거실 소파에 아버지와 고혜리가 나란히 앉아 와인을 마시는 모습이 보였다. 두 사람은 목소리를 죽여 대화를 나누고 있었다. 이따금 공처럼 말아 올린 뒷머리를 홱 움직이며 고혜리가 아버지 쪽으로 고개를 돌리곤 했는데 그때마다 보이는 그녀의 옆모습은 제법 진지했다.

아버지가 갑자기 내 쪽으로 고개를 돌렸을 때 심장이 멎는 줄 알았다. 재빨리 고개를 뒤로 젖혀 몸을 숨겼다. 들키지는 않았을 것이다. 내가 2층에서 아래를 훔쳐보는 방식은 매우 교묘하고 철저해서 들킬 염려가 없었다.

머리통을 살짝 내밀어 아래를 살피니 역시나 이상한 분위기는 감지되지 않았다. 아버지가 고개를 돌린 것은 내가 잠들어 있음을 은연중에 확인하려는 행동이었을 것이다. 두 사람은 계속 대화를 나누고 있었다. 목소리를 한층 더 낮췄는지 말소리는 거의 들리지 않았다. 오히려 그들의 숨소리만 크게 들리는 듯했다.

아버지가 끙, 소리를 내며 두 손으로 뒤통수를 감싼 채 소파 등받이에 몸을 기댔다. 고혜리는 아버지의 귓가에 얼굴을 바짝 갖다 대고 끊임없이 입술을 달싹거렸다. 나는 한껏 숨을 죽이고 그들의 대화를 엿듣기 위해 청각에 온 신경을 집중했다.

"······선생님 아들이 아니잖아요."

갑자기 고혜리의 목소리가 들렸다. 가슴에서 뭔가가 쿵 하고 떨어지는 소리가 들렸다. 내장 기관 하나가 뜯겨나간 듯 쓰라리고 공허한 아픔이 밀려왔다.

저건 무슨 소리일까. 선생님 아들이 아니라니…….

숨이 가쁘게 차올랐지만 호흡을 닫고 청각을 더 곤두세웠다. 더 이상 말소리는 들리지 않았다. 난간 아래로 우뚝 서 있는 고혜리의 모습이 보였다. 그녀의 입가에 차가운 미소가 걸려 있었다. 고혜리의 어깨 너머로 시선이 갔다.

인형이 있어야 할 자리에 인형이 없었다.

텅 빈 유리병만 똑바로 세워져 있을 뿐 뚜껑도 보이지 않았다.

잘못 본 게 아니었다. 몇 번을 다시 봐도 유리병 입구는 휑하니 열려 있었다. 뚜껑이 없다면 인형은 언제라도 유리병 밖으로 나올 수 있는 게 아닌가.

난간 아래로 목을 쭉 빼고 인형을 찾았다.

인형은 책장에서 조금 떨어진 거실 바닥 위에 서 있었다. 아버지가 앉아 있는 소파 뒤 쪽이었다.

인형은 소파에 몸을 비스듬히 기댄 채 나를 올려다보고 있었다. 먼 거리였지만 내가 있는 방향으로 정확히 시선을 보내고 있다는 것을 알 수 있었다.

감전된 듯 사지가 오그라들며 머리카락이 쭈뼛 섰다. 재빨리 고개를 뒤로 당겨 인형의 시야에서 벗어났다.

인형은 언제부터 저러고 있었던 걸까.

몸을 일으키려 했으나 오금이 저려 움직일 수 없었다. 차가운 바닥에 이마를 대고 어깨를 들썩이며 참았던 숨을 내쉬었다.

유리병 뚜껑이 사라졌고, 인형은 유리병 밖으로 나왔다. 이미 거실을 가로질러 소파까지 움직였다. 나를 쳐다보고 있었던 것은 나에게 오겠다는 뜻일 것이다. 왜? 왜 나에게 오려는 걸까.

온몸에서 차가운 땀이 솟아났다. 여름인데도 오한이 밀려왔다.

또각, 또각, 또각……

발소리가 거침없이 귓가를 울렸다. 인형은 더 이상 내게 자신의 발소리를 숨길 이유가 없다고 생각한 것일까.

양손을 들어 귀를 막았다. 이런 소리가 들릴 리가 없다. 이것은 소설 속에서나 나올 수 있는 소리였다. 소설 속에서 내가 읽은 문장에 불과한 것이다. 나는 지금 소설을 읽고 있는 것이 아니다. 현실 속에 있다. 그렇게 생각하자 발소리는 자판을 두드리는 소리처럼 들리기도 했다.

타닥, 타닥, 타닥……

아버지가 소설 쓰는 소리. 그 소설 속에서 인형이 움직이는 소리.

또각, 또각, 또각…….

두 종류의 소리가 번갈아 들렸다가 하나의 소리로 합쳐지곤
했다. 마치 두 소리가 서로 싸우고 있는 것 같았다. 어느 소리
가 승리하느냐에 따라 현실의 모습이 뒤바뀔 것 같았다.

타닥, 타닥 소리가 점점 희미해지면서 마침내 소멸되고 말았
다. 또각거리는 발소리만 남아 귓가를 맴돌았다. 어쩌면 처음
부터 타닥, 타닥 소리는 없었는지도 모른다.

발소리는 계단을 오르고 있었다.

또각, 또각, 또각…….

조그마한 인형이 내는 발소리가 아니었다. 어른 여자가 내
는 발소리였다. 인형은 그새 몸을 부풀린 것이다. 소설 속에서
처럼.

또각, 또각, 또각…….

눈앞이 캄캄해지며 머릿속이 혼돈으로 뒤덮였다. 또각거리
는 소리가 엄청난 중량감이 되어 몸을 짓눌렀다. 등짝에 바위
라도 얹힌 듯 꼼짝할 수 없었고, 사고도 정지됐다. 육체와 정신
이 모두 마비되어 버린 것 같았다.

발소리가 내 머리 위에서 멈췄다.

나는 여전히 이마를 바닥에 처박은 채로 죽은 벌레처럼 납작

엎드려 있었다. 고개를 들 마음도, 힘도 없었다. 머리 위의 공기가 싸늘하게 변해갔다.

으흐흣.

웃음소리가 들렸다. 장난꾸러기 소녀가 터뜨리는 웃음처럼 간드러졌다. 그러나 그것이 인형의 입에서 나온 소리라고 생각하면 섬뜩하기 이를 데 없었다. 목덜미에서 중압감이 느껴졌다. 뭔가가 목덜미를 향해 다가오는 듯했다. 등껍질 속으로 숨으려는 거북처럼 목과 어깨를 움츠렸다.

으흐흣.

웃음소리는 어느새 귓가에서 들렸다. 귓불에서 미지근한 숨결까지 느껴졌다. 나는 기겁하며 더욱 목을 움츠렸다.

차가운 손가락이 목덜미 안으로 뱀처럼 비집고 들어왔다.

악, 하고 비명을 질렀다.

딱딱한 손톱들이 연한 뒷목을 아프게 눌렀다. 살점이라도 파낼 기세였다.

저절로 고개가 치켜 올라갔다. 시야가 열렸다.

눈앞에 인형이 있었다.

머리카락을 치렁치렁 늘어뜨린 커다란 인형이 허리를 굽힌 채 나를 바라보고 있었다. 새빨간 입술을 한껏 벌리고 웃는 얼굴이 코앞까지 다가와 있었다.

"으아악!"

패닉이 찾아왔다. 나는 미친 듯 비명을 내지르며 사지를 바동거렸다. 눈앞의 인형이 실체인지 환상인지 알 수 없었다. 아래층에서 대화를 나누던 아버지와 고혜리가 실체인지 소설 속의 인물인지도 알 수 없었다. 패닉에 빠진 나조차도 실체인지 소설 속 인물인지 알 수 없었다. 나는 지금 코앞까지 다가온 커다란 인형을 보고 패닉에 빠진 내 모습이 묘사된 아버지의 소설을 읽고 있는 것일까. 읽기를 중단하면 이 공포에서, 패닉에서 빠져나올 수 있는 걸까. 하지만 읽기를 중단할 방법은 없다. 나는 소설을 읽고 있는 것이 아니기 때문이다.

내가 할 수 있는 거라곤 목청껏 비명을 내지르는 일뿐이었다.

아무리 비명을 질러도 아버지는 2층으로 올라오지 않았고, 눈앞의 인형도 사라지지 않았다.

5

늦은 시각에 혜리가 찾아왔다. 밤인 데다가 검은색 롱코트로 몸을 휘감고 있어 혜리의 하얀 얼굴이 더욱 도드라져 보였다.

혜리는 나를 보자마자 대뜸 "인형이 또 움직였어요?"라고 물었다. 어투는 가벼웠지만 표정은 진지했다. 고개를 끄덕이자 혜리는 미간에 힘을 주고 나를 한동안 응시했다. 그녀의 굳은 표정 위로 모종의 의지가 비껴가고 있었다.

"선생님, 드릴 말씀이 있어요."

"와인 한잔하면서 얘기하지."

혜리의 굳어진 표정이 마음을 무겁게 했다. 주방에서 와인 한 병과 잔 두 개를 가져왔다. 술은 내가 먹고 싶었던 것이다. 한잔하지 않고서는 혜리의 진지한 얼굴을 계속 보고 있기가 힘들 것 같았다.

우리는 소파에 나란히 앉아 술잔을 기울였다. 혜리는 내가 따라준 와인을 딱 한 모금만 마시더니 잔을 내려놓았다.

"선생님. 저 출판사 그만둘 거예요."

혜리가 침착하게 말했다.

"오늘 사직서 제출했어요. 인수인계까지 일주일도 안 걸릴 거예요."

"성급하게 내린 결정은 아니겠지?"

"물론이죠, 선생님. 오래전부터 결심했던 걸요."

나는 잔을 들어 보랏빛 와인을 천천히 들이켰다. 혜리는 나를 빤히 보기만 할 뿐 더 이상 술잔에 손을 대지 않았다. 내게서 어떤 대답을 기다리고 있다는 걸 알 수 있었다.

"고 팀장이 갑자기 일을 그만두면 지금 쓰고 있는 원고는 누구에게 넘겨야 하나?"

"후임자에게서 연락이 올 거예요."

혜리는 1초도 기다리지 않고 내 말을 곧바로 받았다.

"그런 건 걱정하지 않으셔도 돼요, 선생님."

"그래도 고 팀장 만한 편집자가 없을 텐데…….."

억지웃음을 지으며 다시 술잔을 들이켰다.

"고 팀장 없으면 그 출판사와도 이제 인연을 끊어야겠네."

"그렇게 하세요. 좋은 출판사는 얼마든지 있으니까요."

혜리는 전정가위로 튀어나온 가지를 치듯 내 말을 가차 없이 자르고 있었다. 실없는 농변 따위 얼마든지 잘라주겠다는 듯 보였다. 슬슬 본론으로 들어가지 않으면 혜리의 기분이 상할 수도 있겠다 싶었다.

"그래. 앞으로 뭘 할지는 생각했어?"

"그럼요."

내 목소리가 조금 진지하게 바뀌자 혜리의 목소리에서도 반색이 느껴졌다.

"선생님 밑에서 본격적으로 소설 수업을 받고 싶어요."

언젠가는 소설가의 꿈을 이루고 싶다는 얘기를 한 적이 있었다. 그때가 되면 나에게 의지하고 싶다고도 했었다. 물론 그때 나는 긍정적인 답변을 줬을 것이다.

"이제 꿈을 향해 매진하려고요."

혜리는 몸을 움직여 내 쪽으로 바짝 다가앉았다. 그녀의 몸과 숨결이 내게 닿았다.

"선생님. 변죽 울리는 소리는 이제 그만둘게요. 저 이 집에서 살고 싶어요. 선생님과 같이."

이 말에 대답할 준비를 하려고 와인을 연거푸 마셨던 것이다. 취기는 적당히 올랐고, 긴장은 누그러졌다. 준비는 다 된 것이다.

"나도 원했던 바야."

"정말이에요?"

"물론이지. 내가 먼저 하고 싶었던 말이었는데 선수를 빼앗겼군. 혜리가 남은 내 인생의 반려자가 되어주길 간절히 원하고 있어."

혜리는 선물을 한 아름 받아든 어린 아이처럼 함박웃음을 짓더니 별안간 나를 덥석 끌어안았다. 쥐고 있던 잔이 기울어지며 탁자 위로 와인이 몇 방울 떨어졌고, 혜리는 내게서 떨어졌다. 그녀의 표정이 순간적으로 어두워지더니 탐색하는 눈빛으로 2층을 빠르게 살폈다. 나는 고개를 돌려 2층을 쳐다봤다.

이 시각이면 아들은 잠들어 있을 것이다. 2층으로 향하는 계단은 어둠에 잠겨 있었다. 어둠과 적막에 뒤덮인 2층이 오래된 무덤처럼 느껴졌다.

"저기 말이죠, 선생님."

혜리가 내게 몸을 기울이며 속삭이듯 말했다.

"제가 이 집에 들어와 살려면 한 가지 문제가 해결되어야 하지 않겠어요? 언젠가 선생님께서도 말씀하셨던……."

별안간 한기가 몰려왔다. 축축하고 서늘한 기운이 가슴속으로 스며들었다. 꺼져가는 취기를 돋우려고 와인을 연거푸 들이켰다.

"제가 왜 선생님께 인형을 드렸는지 아직 모르시겠어요?"

혜리는 책장 쪽으로 고개를 돌려 인형을 바라보고 있었다. 내 시선도 같은 곳을 향했다.

인형은 그 자리에 있었다. 시험관 속의 생물체처럼 유리병을 거꾸로 뒤집어쓴 채 꼿꼿이 서 있었다. 혜리가 몸을 일으키더니 인형 쪽으로 걸어갔다. 별안간 손을 뻗어 유리병을 번쩍 집어 올렸다. 인형의 몸이 유리병에서 해방되었다.

"이 인형이 선생님께 행운을 가져다줄 거라 믿었거든요."

혜리는 '으흐흣' 하고 웃더니 한마디 덧붙였다.

"우리에게."

유리 인형 **iii**

인형과 혜리가 동시에 나를 바라보고 있었다. 두 개의 시선 사이를 오가다가 나는 인형의 작은 얼굴에 시선을 못 박았다. 유리 표면 위로 혜리의 얼굴이 비치고 있었다. 내 얼굴이 비쳤을 때보다 훨씬 섬뜩한 느낌이었다. 인형의 채색된 얼굴과 혜리의 화장한 얼굴이 너무 흡사해 보였다.

두려움과 피로가 동시에 몰려왔다. 두 손으로 뒤통수를 감싼 채 소파 등받이에 몸을 기댔다. 입에서 끙, 하는 신음소리가 나도 모르게 새어나왔다.

"선생님."

혜리가 다가오더니 귓가에 대고 속삭였다. 그녀의 목소리가 바늘처럼 귓속을 뚫고 들어와 뇌리에 촘촘히 박혔다.

"2층의 그 녀석은 지금 잠들어 있지 않아요."

"뭐?"

"컴컴한 어둠 속에서 눈만 빠끔히 내민 채 우릴 훔쳐보고 있는 걸요. 교활한 뱀처럼 바닥에 배를 깔고 누워서 말이죠."

아들이…… 그런 짓을 하고 있었단 말인가.

내가 더듬거리며 중얼거리자 혜리가 눈썹을 올리며 차가운 미소를 지었다.

"무슨 말씀이세요. 선생님 아들이 아니잖아요."

가슴이 쿵쾅거렸다. 차가운 뱀이 몸을 휘감아오듯 전신에 소름이 돋고, 몸이 떨렸다. 고개를 돌려 혜리의 얼굴을 쳐다봤다.

혜리는 재빠르게 2층으로 시선을 던졌다가 나를 바라보았다. 그녀는 한 손을 뒤통수로 가져가더니 머리카락을 묶은 끈을 풀었다. 동그랗게 말려 있던 머리카락이 물처럼 출렁 쏟아지며 어깨와 등을 뒤덮었다. 흑단 같은 머리카락을 허리까지 길게 늘어뜨린 채 혜리는 웃고 있었다. 내 시선은 이끌리듯 혜리의 등 뒤로 향했다.

인형은 그 자리에 없었다.

혜리가 벗겨 낸 유리병만이 입구가 열린 모습으로 똑바로 서 있을 뿐이었다. 고개를 돌려 인형을 찾아보려 했으나 이내 포기했다. 온몸이 납덩이처럼 무거웠다. 취기, 한기, 두려움을 더이상 이겨내지 못하고 눈을 감아 버렸다.

"선생님……."

혜리의 마지막 말이 귓가에 와 닿았다.

"인형이 움직이기 시작했어요."

귀에 익은 발소리가 들려왔다.

또각, 또각, 또각…….

어른 여자가 내는 발소리였다. 누군가 내 뒤를 스쳐가면서 바람을 일으켰다. 긴 머리카락과 옷깃이 목덜미를 훑고 지나갔다. 발소리는 2층으로 향하고 있었다.

유리 인형 **113**

이제야 인형의 목적을 알 수 있을 것 같았다. 나는 눈을 감은 채 움직이지 않았다. 지난번처럼 인형이 아들의 방으로 향하는데도 가만히 있었다. 그때는 어떤 행동을 취하기 전에 인형을 저지했었다. 이번에는 아무도 인형을 저지하지 않을 것이다. 인형은 거침없이 아들에게 다가갈 것이고, 아들은 곧 인형을 보게 될 것이다. 그 이후에는 어떤 일이 벌어질까. 인형이 아들을 어떻게 할까.

생각하고 싶지 않았다.

두 눈을 꼭 감은 채 기다렸다.

어서 일을 끝마쳐주길.

문제를 해결해주길.

혜리의 말처럼 '어떤 식으로든' 행운을 가져다주길.

한동안 째깍거리는 벽시계의 초침소리만 귓가를 울렸다.

이윽고 2층에서 길고 긴 비명이 들렸다.

절망과 고통에 찬 처절한 비명이었다.

나를 부르는 소리였다.

나는 가만히 있었다.

머릿속에서 유리 인형의 얼굴이 떠올랐고, 그 얼굴 위로 누군가의 얼굴이 비쳤다.

* * *

신작 단편이 실린 앤솔로지가 완성됐다며 출판사에서 연락이 왔다. 출간을 자축하는 조촐한 자리를 마련했으니 참석해 달라는 부탁이었다. 번거로운 일이긴 했으나 출판사에서 마련한 자리는 어지간하면 빠지지 않으려 애쓰는 편이었다. 앤솔로지에 실린 내 작품을 하루라도 빨리 보고 싶은 마음도 있었다. 저자 증정본은 빨라야 이삼일 후에나 도착할 것이다.

약속 장소에 도착하니 해물탕 두어 개를 시켜놓고 먼저 모인 사람들끼리 이미 술판을 벌이고 있었다.

"아이고, 어서 오십시오. 백 작가님."

여기저기서 손들이 뻗쳐오며 악수를 청했다. 반 정도는 낯이 익은 이들이었고, 나머지는 처음 보는 얼굴들이었다. 이 업계에 새롭게 발을 들인 신인들일 수도 있고, 얼굴을 모르는 편집자들일 수도 있었다. 나중에 편집부장이 사람들을 소개해줬지만 낯선 사람들에 대해서는 별로 관심이 없어 귀담아 듣지 않았다.

왁자지껄한 소음을 피해 테이블 끝자리에 외떨어져 앉았다. 옆에는 막 찍어낸 새 책들이 수북이 쌓여 있었다. 한 권 집어서 페이지를 넘기다가 내 작품이 수록된 지점에서 멈췄다. 글을 쓰고, 책을 낸 지 20년이 지났지만 아직도 활자화된 내 작품을 처음 접할 때면 마음이 설렌다. 단편 하나를 실은 앤솔로지임에도 이번에는 그 설렘이 특히 컸다.

"저…… 백지수 선생님."

내 작품을 거의 다 읽어갈 무렵 낯선 얼굴 하나가 코앞까지 다가오는 게 느껴졌다. 고개를 드니 서른 전후로 보이는 남자가 나를 보고 있었다. 마른 체구에 얼굴까지 창백해 병자처럼 보였으나 목소리나 태도로 봐서는 건강한 사람 같았다.

"작품 잘 읽었습니다. 소설 속에 선생님 실명이 등장해서 더 몰입해서 읽었습니다. 마치 선생님께서 실제 경험한 이야기를 듣는 듯했거든요. 하하……."

나는 입술을 일자로 꽉 다문 채 남자의 얼굴을 빤히 쳐다봤다.

"아, 저는 오광진이라고 합니다."

남자는 새삼 고개를 숙이며 자기소개를 했다.

"이번에 앤솔로지에 처음으로 단편을 실었습니다. 졸저에 불과하지만 선생님 작품과 함께 실릴 수 있어서 영광으로 생각하고 있습니다."

신인작가인 듯했다. 조금 전에 편집부장이 소개했던 사람들 중 하나 같았다. 관심은 없었다. 가볍게 고개를 끄덕이고 다시 책 속으로 시선을 돌렸다.

"결국 아들을 죽인 건 인형이 아니라 고혜리라는 여자인 거죠?"

조심스런 목소리가 다시 들렸다. 책에서 눈을 떼고 오광진을 쳐다봤다. 입가의 수줍은 미소와는 달리 반짝이는 작은 눈동자에서는 집요함이 읽혔다. 느물거리면서도 마음먹은 일을 끈덕지게 해내는 인물 같았다. 피곤한 타입이었다.

"인형이 움직인다는 내용의 소설을 아들에게 일부러 노출시킨 다음, 고혜리가 실제 인형이 되어 아들 앞에 나타난 것이죠. 죽이는 방법이야 나오지 않았지만 뭐 심약한 어린애라면 심장마비로 죽을 가능성이 크겠죠."

대꾸하지 않고 가만히 있자 오광진은 자신의 의견을 일방적으로 늘어놓았다.

"인형이 노린 사람이 아들이었다는 대목에서 놀랐습니다. 사실 소설 전반부만 해도 걸어 다니는 인형이 누구에게 해를 가할지 짐작하기 어려웠거든요."

오광진은 입꼬리를 올리며 딱딱한 미소를 지었다. 얼굴에 살점이 없어 볼에 주름이 겹겹이 잡혔다.

"그런데 아들을 왜 죽이려고 한 겁니까?"

오광진의 질문이 꽤 당돌하게 들렸다. 소설 이야기가 아니라 마치 살인범을 추궁하는 형사의 어투 같았던 것이다. 기분 탓일 수도 있었다.

"'선생님의 아들이 아니다'는 고혜리의 말에서 힌트를 얻어 짐작할 수는 있지만 정확한 답은 잘 모르겠거든요. 아들이 친자식이 아니었던 건가요?"

의자 등받이에 등을 기대고 오광진의 눈을 똑바로 응시했다. 잘 모른다고 했지만 쥐처럼 반짝이는 오광진의 작은 눈동자 속에는 이미 답이 들어 있는 것 같았다.

"아니면 뭔가 문제가 있는 아이였을 수도 있겠네요. 아들로 느껴지지 않을 만큼 문제 덩어리인 존재. 친자식이든 아니든 아버지에게 아이가 '골치 아프고', '해결해야 할' 문제로까지 전락해 버렸다면 아이의 상태가 보통은 아니었을 겁니다."

예상대로 오광진은 질문에 대한 답을 스스로 하고 있었다.

"책 속에서 드러난 단서들만으로 본다면…… 아이가 책을 좋아하고 집 밖으로 잘 나가지 않는 점, 여자들이 아이를 볼 때마다 차가운 시선을 보냈다는 점, 여자들뿐만 아니라 아버지조차도 아이에게 살갑게 대하지 않았다는 점, 몇 번이나 병원을 들락거렸다는 점 등에서 아이는 정신적으로 자폐 증상이, 외모적으로는 기형 증상이 있는 것이 아닌가 짐작할 수 있습니다. 집에만 틀어박혀 있는 흉측한 외모의 자폐아라면 누구라도 반기지 않겠죠. 부모라고 하더라도 한계가 있겠죠. 아버지의 나이는 아직 젊었고, 성공한 저명인사입니다. 남은 생을 계속해서 문제가 있는 아이와 둘이서만 살고 싶지 않았을 겁니다. 오래전부터 비어 있는 아내의 자리를 누군가 채워주길 바라고 있을 테죠. 하지만 아버지가 문제로 생각할 정도의 아이라면 낯선 여자들에게는 말할 것도 없겠죠. 아이는 오래전부터 아버지에게 짐이었고, 여자들에게 걸림돌이었을 겁니다."

처음과는 달리 오광진의 말투는 점점 거침이 없었다. 길지 않은 분량의 원고를 낱낱이 파헤쳐 온 자의 자신감이 느껴졌다. 글쓴이로서 그런 반응을 지켜보는 기분이 나쁘지는 않았다.

"고혜리는 다른 여자들처럼 문제를 회피하지 않고 적극적으로 해결하려고 합니다. 그 하나의 문제만 사라지면 더 이상 문제될 것은 없었죠. 하나의 문제가 사라지는 '행운'만 따라준다면 이후의 충만한 '행복'은 보장되는 거죠. 아버지가 아들을 어떻게 생각하는지 이미 파악하고 있던 고혜리는 인형을 등장시켜 '행운'을 만들려 한 겁니다. 다시 말해 '행운'을 가장하여 골치 아픈 문제, 아들을 제거하려고 했던 거죠."

오광진은 말을 멈추고 예의 쥐 같은 눈으로 나를 빤히 쳐다봤다. 채점을 기다리는 학생 같은 모습이었다. 나도 모르게 웃음이 났다. 내 웃음에 오광진은 약간 당황한 듯 까만 눈동자를 몇 번 깜박거렸다.

유리 인형 **119**

테이블에 놓인 맥주잔을 들어 한 모금 마신 후 쥐고 있던 책을 탁 덮었다. 오광진의 시선이 내려가며 책을 응시했다가 다시 나를 쳐다봤다.

"마지막 5장은 아들이 볼 수 없는 내용이죠. 4장에서, 혹은 5장 끝에서 아들은 죽는 것으로 그려지니까요. 더 이상 아버지의 원고를 훔쳐볼 수 없는 상황이 되겠죠. 그럼에도 마치 누군가에게 보여줄 것처럼 5장이 존재하고 있어요. 죽은 아들의 혼백에게 띄우는 원고가 아니라면 아들을 대신하여 독자들에게 띄우는 원고겠죠. 숨은 진실을 보여주기 위한, 혹은 알아주길 바라는……."

"재미있게 잘 읽으셨군요."

처음으로 반응을 해줬다. 오광진이 눈썹을 치켜 올렸다. 내 반응이 별로 마음에 안 드는 눈치였다.

"제 생각들이 다 맞는 겁니까?"

"맞고 틀리고는 없어요. 소설은 작가의 손을 떠나는 순간부터 그것을 읽는 독자들의 것이 되니까요. 이 소설은 그다지 난해하지도, 많은 것을 숨겨놓지도 않았어요. 액면 그대로 이해하고 받아들이면 될 겁니다."

한 손에 책을 쥔 채 일어섰다. 오광진도 재빨리 일어서더니 내게 손을 내밀어 악수를 청했다. 뼈마디가 튀어나올 정도로 가늘고 흰 손가락들을 한동안 내려다보다가 그의 손을 잡았다.

"혹시 선생님의 실화인가요?"

내 손을 꽉 쥔 채 오광진이 물었다. 초면에도 불구하고 적극성을 띠며 내게 접근했던 이유가 이것이었나 싶었다.

"선생님의 개인적인 신상에 대해선 딱히 아는 바가 없지만 오래전에 상처하시고 줄곧 혼자 지내시다가 얼마 전에 재혼하셨다는 소식은 들었습니다. 그래서 혹시 이게 진짜 선생님 이야기가 아닐까 하는 엉뚱한 상상을 해봤답니다."

오광진이 어깨를 으쓱 올렸다.

"골치 아픈 아들을 그런 식으로 처리한다면 완전 범죄가 될 수도 있겠는데요. 집에만 틀어박혀 사는 자폐아가 인형에 대한 망상과 공포에 사로잡혀 심장마비로 급사했다면 누구도 별다른 의심을 품지 않을 것 같습니다."

오광진은 이마에 주름이 지도록 작은 눈을 치뜨며 나를 응시했다. 이번에는 수수께끼를 모두 풀어낸 탐정 같은 표정을 짓고 있었다. 완전 범죄자 흉내를 내고 싶은 마음은 없었지만 나는 한마디 할 수밖에 없었다.

"만일 이게 실화라면 위험천만한 범죄의 기록이 되는데, 소설로 발표해서 대중 앞에 내놓을 수가 있을까요?"

"완전 범죄자의 심리죠. 자신의 범죄를 어떻게든 알리고 싶

유리 인형 **121**

은……."

오광진은 마치 내가 그 말을 하길 기다렸다는 듯 즉각 입을 열었다.

"이렇게까지 힌트를 줬는데도 진상을 알아차리지 못하는 대중을 보면서 모종의 희열을 즐기고 싶은 것이죠."

테이블 구석에서 혼자 책을 읽던 내 모습을 어디에선가 오랫동안 지켜보고 있었던 것 같았다. 오광진의 눈빛이 문득 독사처럼 사악하게 느껴졌다. 아직도 그와 손을 맞잡고 있다는 걸 깨달았다. 불쾌한 기분이 들어 얼른 손을 빼냈다.

"재미있는 이야기 잘 들었습니다. 하지만 나는 아들이 없어요."

오광진의 눈을 똑바로 쳐다보며 말했다.

"아들은 소설 속에 서술된 대로 10년 전, 아내의 뱃속에서 죽었어요. 아내와 함께……."

오광진의 작은 눈동자 속에서 당혹감이 스쳤다. 그는 눈썹을 모으고 입술을 달싹거리며 무슨 말인가를 하려 했다. 나는 한 손을 가볍게 올리며 그만하자는 뜻을 내비쳤다. 입구로 가면서 돌아보니 오광진은 아직도 한 손을 어색하게 내민 자세로 우두커니 서서 나를 바라보고 있었다.

부동산에서 연락이 왔다. 집이 팔렸다고 했다. 낡지는 않았으나 변두리에 위치한 크고 고풍스런 집이라 쉽게 나가지 않을 거라 예상했는데 생각보다 빨리 매입자가 나타난 것이다. 혜리는 상관없다고 했지만 나는 이 집을 떠나고 싶었다.

혜리와는 한 달 전에 결혼했고, 더없이 행복한 신혼을 보내고 있었다. 다만 2층 출입은 가급적 하지 않았다. 그곳은 망자의 공간처럼 느껴졌다.

혜리와 결혼하기 한 달 전에 장례식이 먼저 있었다. 빈소 없이 바로 화장을 하고 납골당에 유골을 안치하는 1일장으로 치러졌다. 고인에 대해 아는 이라고는 나와 혜리, 몇몇 친척들, 그리고 집안일을 봐주는 도우미 아주머니가 전부였다. 참석자가 많지 않은 장례식은 조용하고 간단하게 끝났다. 출판 관련 지인들은 아무도 부르지 않았다.

짐 정리를 끝내고 2층으로 올라갔다. 여름인데도 2층 공기는 싸늘했다. 거실 벽에 아직도 걸려 있는 사진 액자가 보였다. 고인의 어린 시절이 담긴 사진이었다. 아버지와 아들이 함께 찍은 사진.

아버지가 일곱 살 무렵이고, 할아버지가 마흔 살 무렵의 사진이었다.

액자를 떼어내 두 손으로 들고 사진을 가만히 바라보았다.

사진 속에서 아버지와 할아버지는 뭐가 그렇게 좋은지 카메라를 바라보며 환하게 웃고 있었다. 낯설어 보일 만큼 환하게 웃는 아버지의 얼굴이 좋아서 나는 종종 이 액자를 올려다보곤 했다. 먼 옛날의 일이었다.

아버지는 유난히 할아버지를 잘 따랐다고 한다. 부자지간이니 사이가 좋은 게 당연하기도 하겠지만 할아버지에 대한 아버지의 믿음과 애정은 어른이 되어서도 수그러들지 않았다. 내가 할아버지의 외모를 그대로 물려받아 태어났을 때 아버지는 무척 기뻐했다고 한다.

아버지의 정신이 허물어지기 시작한 건 할아버지가 돌아가신 후였다. 그때 아버지의 나이는 이미 육십을 넘겼음에도 할아버지의 죽음을 받아들이기가 힘든 모양이었다. 처음에는 웃음이 사라져 성마르고 신경질적인 성격으로 변하더니 점차 정신을 잃으며 조용히 미쳐갔다. 치매가 온 것이다.

아내와 결혼했을 무렵 아버지의 치매는 이미 손쓸 수 없을 정도로 깊어져 있었다. 아버지의 상태는 나날이 나빠졌다. 아내는 아이를 가진 몸으로 아버지의 수발을 들고, 가난한 살림을 힘겹게 꾸려갔다. 그러다가 임신중독으로 온몸이 부어올라 갑자기 세상을 뜨고 말았다. 뱃속의 아이와 함께……. 원래부터 병약했던 몸이지만 나를 만나지 않았다면 젊은 나이에 그렇게 허망하게 죽지는 않았을 것이다.

깊은 우울과 절망에 사로잡혔던 나는 공포소설을 쓰기 시작했다. 공포소설 말고 다른 것은 쓸 수 없을 것 같았다. 그것도 올빼미처럼 컴컴한 밤을 틈타 내 안에 존재하는 어두운 기억과 감정들을 원고지에 토해냈다.

어쩌면 그 일은 소설을 쓰는 행위가 아니라 살아남기 위한 몸부림이었는지도 모른다. 그 일을 하지 않으면 내 안에 가득 차오른 절망과 공포가 나를 죽음으로 이끌 것만 같았던 것이다. 운 좋게도 소설은 팔리기 시작했고, 나는 지긋지긋했던 무명의 설움과 가난에서 해방될 수 있었다.

하지만 아버지에게서는 여전히 벗어날 수 없었다. 몇 번인가 아버지를 시설에 보내도 봤지만 그때마다 난리가 났다. 아버지는 죽어도 시설에 있으려고 하지 않았다. 아이처럼 울부짖고, 난동을 피우고, 엉금엉금 기어서 몇 번이나 탈출을 시도했다. 작가로서의 인지도가 높아질수록 아버지를 시설에 맡기는 일도 힘들어졌다.

결국 지금의 집으로 이사 온 후 아버지를 2층 방에 감금하다시피 모셨다. 어찌된 일인지 아내가 죽고, 시설을 몇 번 경험한 이후부터 아버지는 얌전해졌다. 자기 일도 혼자서 척척 잘 해냈다.

다만 정신 구조가 어떻게 망가졌는지 나를 아버지라고 부르기 시작했다. 할아버지에 대한 집착과 그리움이 뒤틀리고 퇴행적인 모습으로 표출된 게 아닌가 싶었다. 나뿐만 아니라 모든 어른들에게 어린 아이처럼 행동했다. 정신연령이 열두 살 정도로 추락한 것이었다. 엄청난 기세로 책을 읽기 시작했으며, 현실과 완전히 분리되어 자기만의 망상에 빠져 있는 모습을 종종 보이곤 했다.

뭐가 어찌됐든 나로서는 골치 아픈 짐에 불과했다. 볼 때마다 죽은 아내와 아이가 생각나는 가시 같은 존재였다. 아버지에 대한 정은 오래전에 바닥나고 없었다. 다시 시설에 넣고 싶은 마음도 수없이 들었다. 그러나 그 지독했던 난동을 떠올리면 엄두가 나지 않았다. 공연히 건드렸다가 지금보다 상태가 악화되지 않을까 하는 두려움도 있었다.

어린 아이처럼 얌전히 2층에 틀어박혀 책만 읽는 모습은 적어도 내게 큰 방해가 되지는 않았던 것이다. 나도 아버지가 아니라 어리고 못난 아들쯤으로 치부하고 관심을 두지 않으면 그럭저럭 함께 지낼 수 있었다. 그러나 여자들은 그렇지 않은 모양이었다. 하긴 시아버지 될 사람의 꼴이 그 지경이라면 어떤 여자라도 이 집에 들어와 살고 싶지 않을 것이다. 나부터가 그렇게 살 수는 없었다.

나는 아버지가 자연사로 돌아가시는 행운을 늘 기다리고 있었다. 혜리는 기다리지 않고 스스로 그 행운을 만들어 내게 선물한 것이다. 오광진이 방법은 맞췄다. 다만 대상에 대한 예측이 빗나간 것뿐이다. 유리 인형이 앗아간 것은 아들이 아니라 아버지의 목숨이었던 것이다.

사라진
소설가

"재미난 이야기는 저분이 많이 알고 있지 않을까요? 작가시 거든요."

젊은 바텐더가 유리잔을 닦으면서 이쪽을 힐끔 봤다.

이어서 와인을 홀짝이던 한 무리의 시선이 뒤따랐다. 그들은 의사, 대학 교수, 변호사 부부 모임으로 매달 마지막 토요일이 되면 이곳을 찾았다. 몇 년 사이 재개발 붐이 일며 이 일대는 유명한 온천지로 소문이 났다. 온천을 끼고 갖가지 테마 공원들도 들어서며 관광객의 발길을 잡았다.

"아, 작가 선생이셨군."

회색 아르마니를 입은 50대 남자가 빙긋 웃으며 말했다. 그는 대도시 종합 병원의 외과부장이다.

"누군지 아세요?"

하늘색 원피스를 입은 여자가 물었다. 그녀는 의사의 부인이다.

"아니, 알지는 못하지만, 여기 올 때마다 늘 혼자 술을 마시더군."

"맞아, 저도 봤어요. 언제나 저 자리에 앉아 발렌타인 30년산을 마시더군요."

머리가 뒤통수까지 벗겨진 호리호리한 남자가 아는 척을 했다. 그는 국문과 교수다. 지난번 모임 때 부교수에서 정교수로 임명됐다며 떠들썩하게 술잔을 기울였던 적이 있다.

"어머나, 저분 지난번에 저에게 유황 온천 여관의 위치를 일러준 분이에요."

교수의 부인이 팔꿈치로 남편을 툭 치며 말했다. 한 손에 든 와인이 넘칠 듯이 찰랑거렸다.

"여기 사는 분인가?"

백발이 성성한 노신사가 바텐더에게 물었다. 그는 변호사이자 종합법률회사의 대표였다.

"예, 여기 사는 분입니다. 뒷산 어딘가에 큰 저택이 있는데, 그곳이 저분의 집필실이죠. 저도 가본 적은 없고, 저분께 얘기만 들었어요."

"그래요? 유명한 분인가 보네요? 무슨 책을 썼죠?"

변호사의 부인이 눈빛을 반짝이며 물었지만 바텐더는 입꼬리를 올리며 고개를 저었다.

"저도 잘 몰라요. 저분은 자기 책 얘기를 한 적이 없어요."

"어쨌거나 대단한 작가겠지, 뭐. 그렇게 큰 저택을 집필실로 둔 작가라면 말이야."

의사가 와인 한 병을 손에 들고 무리에서 걸어 나왔다.

"작가 선생, 합석해도 되겠습니까? 내가 한 잔 사겠소."

의사는 와인을 쓱 내밀며 옆자리에 앉았다.

"여기 과일 한 접시하고, 베이컨도 더 내와."

의사가 바텐더에게 소리치며, 뒤에서 어떻게 되나 구경하고 있던 무리에게 눈짓을 했다. 그들은 와인 잔을 손에 든 채 슬금슬금 다가왔다.

"우린 독서 모임에서 만난 사람들이오."

의사가 말했다.

"하는 일도 다 다르지만, 워낙 이야기를 좋아하다 보니 이렇게 뭉치게 된 거라오. 뭐, 삶의 여흥이라고나 할까요. 산다는 게 워낙 팍팍한 일이잖소? 그래서 한 달에 한 번이라도 온천에 몸 담그고, 이렇게 술 마시고 수다나 떨며 고단함을 잊는 거죠. 그런데 작가시라고요?"

의사가 몸을 바싹 당기며 물었다.

10분쯤 이런저런 질문 공세가 이어졌고, 그것들은 곧 재미없는 농담과 자기 자랑으로 변질되기 시작했다. 그즈음 의사 부인이 눈빛을 반짝이며 대화의 목적을 상기시켰다.

"재미난 얘기 있음 해보세요."

바에 걸린 시계를 보니 밤 열한 시를 지나고 있었다.

"글쎄요, 좀 으스스한 얘기는 알고 있는데 이런 자리에 어울릴 진 모르겠네요."

그렇게 운을 띄우자 여성들이 짧게 환호했다.

"해보세요! 무서운 얘기 엄청 좋아해요."

"그래도 듣고 나면 기분 나쁠 수도 있습니다."

"괜찮으니 해보세요."

의사 부인이 발그레한 볼을 매만지며 재촉했다.

"그렇다면 얘기해드리지요. 믿으실 진 모르겠지만, 이건 제 경험담입니다. 기이하다면 기이한 이야기죠."

장례식은 생각보다 빨리 끝났다.

"너 작가 됐다며? 미리 사인이라도 받아둬야 하는 거 아냐?"

친구 녀석이 너스레를 떨었다.

"작가는 무슨. 제대로 등단도 못했는데."

"책도 냈다며?"

보나마나 매형이 떠들고 다녔으리라. 착한 사람인데, 입이 가볍다. 하긴 이쪽 사정을 모르는 사람이라면 책 한 권 낸 게 대단한 일처럼 여겨질지도 모른다. 실망하기 전까진, 나조차도 그런 희망에 차 있었으니.

우연히 인터넷에 올린 글이 인기를 끌었다. 작은 출판사에서 연락이 왔고, 책으로 나왔다. 하지만 초판으로 찍은 3000부가 3년이 지나도록 안 팔렸다. 후속 원고를 끼적이던 중에 출판사는 망했고, 책은 절판됐다.

"큰길가에 새로 생긴 주점이 있는데, 거기 마담 미모가 장난이 아니야."

"난 오늘 밤차로 가봐야 해."

"작가 됐다고, 너무 비싸게 구는데."

"책 한 권 냈다고 다 작가인가. 아직 아무것도 아냐."

굴뚝으로 뿜어지던 연기가 차차 사그라졌다.

유골함을 납골당에 안치하고, 어머니 영정에 절을 했다.

어머니는 심부전으로 갑자기 세상을 떠났다. 혼자 지냈기에 이틀 후에야 시신이 발견됐다. 빈집을 홀로 지키다 쓸쓸히 생을 마감한 것이다. 글 쓴답시고 오랜 시간 어머니를 보러 오지 못했던 게 후회로 밀려왔다.

납골당을 나서려는데 누나가 손을 잡았다. 손에 봉투가 들려 있었다.

"바쁠 텐데, 내려와서 상주 노릇하느라 고생 많았다. 차비나 해."

"고생은 무슨. 당일치기 장례도 장렌가. 매형이 고생했으니, 매형이나 맛있는 거 해줘."

"넣어둬. 객지 생활하느라 힘들 텐데."

누나는 봉투를 주머니 속에 억지로 쑤셔 넣었다.

"꽤 두툼해 보이던데?"

누나가 가고 나자, 친구 녀석이 헤실헤실 웃으며 다가왔다.

"나 아까, 관 들고 나갈 때 어깨 빠지는 줄 알았어."

"그 마담 미모가 그렇게 뛰어나?"

"네 타입일 거야."

마담은 40대 초반의 눈이 큰 여성이었다. 새까만 원피스에 가려진 몸매도 풍만했다.

"작가시라고요? 영광이에요."

목소리가 허스키했지만 매력적이었다.

"저도 책하고 인연이 좀 있어요. 술장사하기 전까지 출판사에 있었거든요."

"그랬던가? 마담, 출판사에 다녔어?"

친구가 양주를 홀짝이며 말했다. 뺨이 벌겋게 달아오른 게 많이 취해 있었다.

"이야, 우리 마담 커리어우먼이었구나. 왜 내겐 말 안 했어?"

"너 좀 취한 거 아냐?"

아무래도 거슬려서 친구에게 한마디했다. 자기보다 서너 살은 많아 보이는 여자에게 반말을 지껄이는 모습이 보기 싫었다.

"이 친구 벌써 몸 사리네. 나 아직 멀었어. 마담, 오늘은 이 친구가 다 낼 테니까 걱정하지 말고 더 비싼 거로 내와."

"그만하세요. 많이 드셨어요."

"아냐, 아냐. 마담, 내 주량 잘 알면서 왜 그래?"

"그럼 이거 한 병, 서비스로 드릴게요."

마담은 카운터 뒤쪽 진열대에서 작은 양주 한 병을 내놓았다.

"마담은 역시 날 좋아하나 봐."

이제 보니 친구와 마담은 꽤 허물없는 사이일지도 모른다는 생각이 들었다.

"저기, 잠깐만요."

더 있기가 불편해서 계산을 치르고 먼저 나가려는데 마담이 불렀다.

친구 녀석은 카운터에 머리를 처박고 자고 있었다.

"죄송해요, 일부러 찾아주셨는데 대접이 변변찮았던 거 같네요."

"아닙니다. 정말 잘 먹고 갑니다."

"저기……."

마담은 아랫입술을 살짝 깨물었다. 목 아래로 이어지는 가슴골이 눈에 들어왔다.

"그럼, 내일 아침 차로 가시나요?"

"아뇨. 오후 차로 예매했어요. 왜 그러십니까?"

"혹시 오전에 잠깐 시간 내주실 수 있어요?"

대답을 못하고 망설이고 있자, 마담은 쪽지 하나를 건넸다.

"제 전화번호예요. 오전에 언제라도 전화 주세요."

"멀쩡한 총각 하나 꼬드기려는 거야. 틈 보이지 마."

"누나도 참. 나이 서른일곱에 장가도 못 간 게 뭐가 멀쩡한 거라고."

누나 집에서 하룻밤 묵으며 넌지시 마담 얘기를 꺼내 봤다. 그러자 누나는 거북한 마음을 드러냈다.

"안 그래도 말이 많아. 조용한 동네에 그런 요정집이 들어서서 물을 흐려놓고 있다고."

"술집이야 어딜 가나 있잖아."

"너 벌써 그 여자에게 홀딱 빠졌구나?"

"무슨 소리야, 홀딱 빠지다니! 그냥 친구가 한 잔 산다 해서 따라간 것뿐인데."

"아무튼 조심하라고! 이 남자, 저 남자 붙잡고 늘어진다는 안 좋은 소문이 있어."

어찌나 서릿발을 세우는지 다음 날 만난다는 얘긴 입 밖에 내지도 않았다.

불 꺼진 거실 소파에 혼자 누워 있으려니 누나의 마지막 말이 머릿속에 맴돌았다.

안 좋은 소문이라는 건 뭘까? 역시 남자 문제일까? 하기는 '네 타입이야'라는 친구의 말이 없었어도, 모든 남자가 좋아할 만한 타입이었다. 그나저나 결혼은 했을까?

"5년 전에 이혼했어요."

아침 여덟 시쯤 전화를 했다. 너무 이르지 않나 싶었는데, 신호가 두 번 떨어지기도 전에 마담의 목소리가 들렸다. 역 앞에 있는 찻집에서 만나자고 했다.

머리를 올려 깔끔하게 묶은 그녀는 화장기 없는 얼굴로 하얀 셔츠에 청바지를 입고 나타났다. 하지만 앙상한 어깨와 가느다란 목선, 쑥 들어간 눈가에서 전날 느끼지 못했던 퇴폐미가 묻어났다. 어쩌면 퇴폐미가 아니라 다른 느낌이었을 수도 있다. 더 깊고 어둡고 진한, 마성의 그늘 같은.

"실은 남편도 작가였어요. 남편 덕에 출판사에 취직도 할 수 있었던 거죠."

묻지도 않았는데 살아온 얘길 듬성듬성 늘어놓았다. 스무 살에 도시로 나가 빵 공장과 가정부를 거쳐, 소개팅으로 만난 남편과 결혼하고 다시 이혼하고. 그녀에겐 숨 가쁘게 달려온 삶이었겠지만, 다른 이들이 듣기엔 그저 뻔하고 재미없는 이야기였다.

"재미없죠? 이런 얘기?"

"예? 아, 아뇨……."

식은 커피를 홀짝이며 마담의 얼굴만 물끄러미 바라보다 허를 찔려 버렸다. 그 탓에 그만 엉뚱한 말을 내뱉었다.

"그런데 두 분 사이에 자녀는 없었나요?"

말하고 나니 아차 싶었다. 아니나 다를까 마담의 얼굴이 하얗게 굳었다.

"딸이 한 명 있었는데, 죽었어요. 교통사고였죠."

말하고 싶지 않아 일부러 피해간 부분을 눈치도 없이 캐물은 것이다.

"괜찮아요. 벌써 5년 전 일인걸요."

애써 태연한 척했지만, 5년 전이라면 그들 부부가 이혼했을 시기와 맞물린다. 딸의 죽음이 둘 사이를 갈라놓았을 테다.

"그런데 선생님은 어떤 소설을 쓰세요?"

갑작스레 얘기를 돌렸다.

"제 남편은 공포소설가였어요. 혹시 들어보셨어요?"

제목 몇 개를 말했지만 모르는 것들이었다. 그러거나 말거나 그녀는 전남편의 소설 얘기를 길게 늘어놓았다. 슬슬 지겨워졌다. 어쩌면 밤새 소파를 뒤척이며 혼자서 다른 기대에 들떠 있던 게 잘못이었는지 모른다.

하지만 그렇다고 생각하니 이 뜬금없는 만남이 더 수상했다. 어째서 마담은 전날 밤 나를 붙잡았던 걸까? 이런 수다나 떨려고 만나자고 한 건 아닐 텐데.

"제 남편을 한 번 만나주실 수 있어요?"

이러니 저러니 떠들다가 마지막엔 문학 전집 같은 걸 헐값에 살 수 있다며, 슬그머니 안내서를 내밀지 않을까. 그런 의심이 들 때쯤, 그녀가 본론을 툭 던졌다.

"서로 작가시니까, 그냥 부담 없이 만나 작품 얘기를 하시면 돼요. 부탁드릴게요."

이런 애매한 부탁이 어떻게 부담 없을 수 있단 말인가.

그녀의 마음속을 도저히 읽을 수 없었다.

"하지만 제가 그 분을 만난다고 해도 딱히 할 얘기가……."

"제발요. 한 번만 만나주세요!"

적당히 자리를 뜨려는데 마담이 내 손을 덥석 잡았다. 매끈

하고 보드라운 느낌이 싫지 않았다. 그걸 알아챘는지 마담은 손에 힘을 줬다. 그 손에 홀려서, 그녀의 눈에서 번득이는 광기를 주의 깊게 보지 못했다. 그건 큰 실수였다.

저택은 산속에 숨어 있었다.

전나무가 성벽처럼 우거진 산길을 30분쯤 오르니 커다란 저택이 지금 막 솟아오른 것처럼 나타났다. 검붉은 벽돌로 지어진 3층 양옥이었다. 겉모양은 화려했지만 집을 감싸고 있는 외벽에는 이끼가 잔뜩 끼어 있었고, 곳곳에 금이 가 있었다. 어딘지 모르게 징그러웠다. 산속에 똬리를 튼 커다란 요괴 같았다.

"남편이 그 집을 어떻게 마련했는지는 저도 잘 몰라요. 3년 전에 갑자기 연락이 와서는 그 집에서 글을 쓰게 됐다고만 했어요. 저도 딱 한 번 가 봤어요."

마담은 그 집이 전남편의 집필 공간이라 했다. 그곳에 틀어박혀 3년간 글만 쓴 것이다.

"그런데 왜 제가 그곳을 가야 합니까? 아무래도 전 이해가 안 갑니다."

"실은 남편이 부탁했어요."

마담은 마지못해 속내를 털어놓았다.

"자기 작품을 읽고, 이야기를 나눌 작가 한 분이 필요하다고."

"예? 그게 무슨……."

"저도 남편의 의중은 잘 모르겠어요. 다만 너무 절실하게 부탁을 해서……."

생각했던 것보다 더 수상했다.

마담이 가방에서 종이 묶음 하나를 꺼냈다.

"이게 남편이 쓴 소설 중 하나예요. 작가님을 만나게 되면 꼭 보여드리라고 했어요."

'지옥의 광대'

종이 첫 장에 그렇게 적혀 있었다. 평범하지만, 호기심이 가는 제목이었다.

초인종을 누르니 인터폰에서 걸걸한 남자 목소리가 들렸다.

"열려 있으니 들어오세요."

녹슨 대문을 열고 마당으로 들어섰다. 잡초가 발목까지 올라왔다.

따지고 보면 이 괴괴한 저택을 방랑해야 할 이유가 없었다. 마담의 부탁은 거절하면 그만이었다. 아니면 집으로 돌아온 후 그저 무시해 버려도 될 일이었다.

끝내 마음을 굳힌 것은 〈지옥의 광대〉 때문이었다.

원고지 150매 정도의 단편소설이었다. 스토리만 놓고 보면 크게 흥미로울 건 없었다. 죽음을 앞둔 남자가 생명을 연장하기 위해 다른 희생자들을 지옥으로 대신 보낸다는 이야기였다.

문장도 평범했다. 그런데도 이 소설엔 남다른 뭔가가 있었다.

읽다 보면 어느새 푹 빠지게 만든다. 짧은 호흡으로 빠르게 이어지는 글의 리듬감 때문일 수도 있고, 글 전체에 드리워진 마성적인 분위기 때문일 수도 있다. 이거다 하고 딱 꼬집어 말하긴 힘들다.

다만 읽고 나서도 〈지옥의 광대〉는 머릿속을 쉽게 떠나지 않았다. 등장인물들이 주변을 서성이는 것 같고, 한편으로는 내가 그 글 속으로 들어와 있는 느낌이었다.

문득 이런 글을 쓴 작가가 궁금해졌다. 묘하게 마음을 잡아당기는 그 힘은 대체 어디에서 나오는 걸까?

현관문을 열었다. 마룻바닥이 깔린 넓은 거실이 한눈에 펼쳐졌다. 맞은편 끝에는 벽난로도 있었다.

"어서 오세요."

2층에서 목소리가 들렸다.

돌아보니 백발노인이 천천히 계단을 내려오고 있었다. 금방이라도 부러질 듯 가느다란 팔다리를 하고 있었다. 퀭하게 들어간 두 눈은 산양처럼 새까맣게 빛났다.

"아내한테서 얘긴 들었습니다. 꺼림칙할 수도 있는 초대인데, 흔쾌히 응해주셔서 뭐라고 감사를 드려야 할지 모르겠네요."

노인은 나를 벽난로 앞 소파로 안내했다. 초가을이라 춥진 않았다. 하지만 노인은 장작에 불을 붙였다. 주홍색으로 타오르는 불빛을 보고 있노라니 커피 향이 코끝을 스쳤다.

"드세요. 미리 말씀드리는데, 고급 원두커피는 아닙니다."

노인은 가래 끓는 목소리로 웃으며 맞은편 소파에 앉았다.

그나저나 이 노인은 대체 몇 살이란 말인가? 마담의 전남편이라면 나이 차가 난다고 해도 쉰 전후일 거라 생각했다. 하지만 눈앞의 노인은 어림잡아도 여든은 넘어 보였다. 이렇게 나이가 많다는 건 어딘지 부자연스러웠다.

"제 아내가……."

노인은 커피를 한 모금 홀짝이다 말고 눈을 가늘게 떴다.

"아차, 실례했습니다. 이제는 제 아내가 아니죠. 마땅히 부를 호칭이 없어서 그만."

"저한테 실례될 게 뭐 있습니까?"

"그런가요? 전 또 두 분이 깊은 사이인 줄……."

노인이 말끝을 흐렸다. 기분 나쁜 침묵이 이어졌다.

한 박자 늦게 침묵의 의미를 알아차렸다.

"오해하셨네요. 그런 사이 아닙니다. 그냥 친구 따라 술 마시러 한 번 갔다 만난 것뿐입니다."

"그래요? 그렇다면 더 힘들었겠군요."

"힘들다니요?"

"작가님 말씀대로라면, 한 번 만난 사람의 부탁을 거절 못 해서 이 첩첩산중까지 오게 된 거잖아요? 무척 힘든 결정이었겠다 싶어서요."

가만 보니 노인은 비아냥거리고 있었다. 이혼녀에게 딴마음이 있어 이상한 부탁도 넙죽 받아들인 한심한 인간으로 보는 걸까?

"저를 보자고 한 용건이 뭡니까?"

"뭐라고 생각하세요?"

노인은 능글맞게 웃으며 커피를 홀짝거렸다.

"객쩍은 소리나 하실 거면, 이만 돌아가겠습니다."

"하하핫! 돌아가실 거라면, 처음부터 오지도 않으셨겠죠."

노인은 소파에 등을 기대고 내 얼굴을 깊숙이 들여다봤다.

그러다 갑자기 일어서서 2층으로 올라갔다.

타닥, 하고 장작이 갈라지는 소리가 들렸다. 불길은 아까보다 훨씬 크게 타올랐다.

"우선 이것들을 한 번 보시겠습니까?"

노인이 두툼한 종이 묶음을 들고 나타났다.

단편소설 몇 편을 묶은 것이었다.

"이걸 왜?"

"소설이 읽고 싶어서 오신 거 아닙니까? 제 얼굴 보러 오신
건 아닐 테고."

"그야 그렇지만……."

"전 잠시 물러갈 테니 천천히 읽으세요."

노인은 일어섰다.

두 시간 후 노인이 새 커피를 들고 돌아왔다.

"글은 어땠나요?"

막 마지막 소설을 읽은 후라 기분이 찜찜했다. 마지막 소설
〈이상한 거래〉는 늙은 악마의 성에 초대된 젊은 작가 지망생의
이야기였다. 그 소설은 작가 지망생이 악마의 하수인이 되며
끝났다. 더 기분 나쁜 것은 그 악마에겐 결혼했다 이혼한 전처
가 있고, 작가 지망생은 그 전처의 꾐에 넘어가 악마의 성에 제
발로 걸어 들어간다는 스토리였다.

"이 소설은 언제 쓰신 건가요?"

〈이상한 거래〉를 펼쳐 보이며 물었다.

"그 글이 특히 마음에 드셨나 보군요?"

"이 소설은 마치 제가 여기 올 걸 알고 쓰신 것 같아서요. 우
연인가요, 아니면 예지력이라도 있으신가요?"

"어느 쪽 같습니까?"

질문에 질문으로 답하는 게 버릇인 것 같았다. 그래서 대화

가 무척 피곤했다.

"자꾸 되묻지 마시고 말씀해보세요. 저를 여기로 부른 이유가 뭡니까?"

"그건 제가 묻고 싶은 겁니다. 이 수상쩍은 초대에 응하신 이유가 뭡니까?"

"노인장께선 혹시 말장난할 상대가 필요했던 겁니까?"

"천만에요. 전 무척 바쁜 사람입니다. 글을 써야 하거든요."

노인의 눈이 벽난로 불빛에 반사되어 벌겋게 일렁거렸다.

노인은 커피를 한 모금 마신 후 몸을 바싹 숙였다.

"그나저나 작가님, 글이라는 건 뭘까요?"

"예?"

"글을 쓴다는 것 말입니다. 여기엔 과연 어떤 의미가 있을까요? 작가님의 고견을 듣고 싶습니다."

고견이라고 할 것까진 없었다. 우연히 인터넷에 올린 글이 책으로 출간되어 작가라는 타이틀을 얻게 된 것뿐이다. 글의 의미를 깊이 생각해본 적은 한 번도 없었다.

"작가님은 인터넷에 먼저 글을 올리셨죠?"

"그렇습니다만."

"어떻게 보면 굉장한 것 같습니다. 인터넷에 올리면 전 세계인이 볼 수 있잖아요."

"글쎄요. 제가 전 세계인이라면 인터넷에 올린 이름 없는 작가의 글을 찾아 읽느니, 스티븐 킹이나 댄 브라운의 작품을 읽을 것 같은데요."

"이를테면 그렇다는 겁니다. 인터넷에 자리 잡은 그 글은 세계인이 봐주길 원하죠. 그래서 그 글이 목적하는 대로 세상이 움직여주길 바라죠."

"글이 생각이란 걸 한다면 그런 망상도 품어볼 수 있겠네요."

"글이 생각을 못 한다고 생각하세요?"

노인의 선문답에 진절머리가 났다. 그는 아까부터 남다른 인간인 척 무게를 잡으며 허접스러운 개똥철학만 늘어놓고 있었다. 그런다고 소크라테스처럼 보이는 건 아니다.

일부러 관심 없다는 듯 한숨을 크게 내쉬었지만 노인은 끊임없이 떠들어댔다.

"생각해보세요. 글은 글쓴이의 생각을 담은 겁니다. 생각이 머리에서 글로 옮겨간 거죠. 그 생각은 많은 생각 중에서 선택된 생각이며, 글쓴이에게서 다듬어진 생각의 결정체죠. 생각의 결정체가 생각을 못 한다고 생각하는 건 어리석은 생각이라 생각되는 데요."

노인은 몇 마디를 하면서 생각이라는 말을 열두 번이나 했다. 문득 생각이라는 글자가 무척 생경하게 느껴졌다.

"알겠어요. 노인장 말씀처럼 글도 생각을 하는 거라고 해둡시다."

"혹시 제 말이 어려웠다면 사과드립니다. 말주변이 워낙 서툰 사람이라. 그래서 결혼 생활도 파투가 난 건지 모르죠."

노인이 기침을 했다. 몸에 큰 병이 있는 게 아닐까, 의심이 들 정도로 거친 기침이었다.

"죄송합니다. 죽을 때가 다 되다 보니 몸 여기저기가 엉망이네요. 그만 목줄을 놓으라고 이렇게 아우성이죠."

노인은 다시 콜록거리며 휴지에 침을 뱉었다. 피가 섞인 침이었다.

"괜찮으세요? 많이 아프신 것 같은데?"

"괜찮습니다. 어차피 언제 죽어도 이상할 게 없는 몸이니까요."

"……."

"그보다 하던 얘기나 마저 하죠. 어디까지 얘기했죠?"

"그래서 결혼 생활도 파투가 난 건지 모르죠, 여기까지 하셨습니다."

노인은 웃으며 커피로 목을 축였다.

"맞아요. 전 언변에는 자신이 없었어요. 그래서 글을 쓰게 된 거죠."

확실히 노인의 글 솜씨는 훌륭했다. 그의 글에는 상대의 마음을 잡아끄는 힘이 있었다.

하지만 대체 낯선 사람을 불러다놓고 이런 얘길 하는 까닭이 뭘까?

"작가님은 혹시 악마를 믿습니까?"

"예?"

노인은 신이 아니라, 악마라고 말했다. 신을 믿느냐는 질문은 들어본 적이 있지만, 악마를 믿느냐는 질문은 처음이었다.

"글쎄요. 악마도 어딘가에 있겠죠. 우리 눈에 안 보여서 그렇지."

"어디에 있을까요?"

글 얘기를 하다가 어째서 난데없이 악마 얘기에 매달리는 것일까? 노인의 대화는 도무지 종잡을 수가 없었다.

"악마가 있는 곳이라? 글쎄요, 그것까진 잘 모르겠네요. 지옥이나 그런 데에 있지 않을까요? 아니면 사악한 사람들의 마음속에?"

"음…… 저랑은 생각이 좀 다르군요."

노인은 고개를 저으며 잔기침을 했다.

"노인장께선 악마가 어디 있다고 생각하세요?"

"저는 간혹 생각합니다."

움푹 들어간 노인의 두 눈이 유난히 번들거렸다.

"악마는 이 속에 있는 게 아닐까 하고요."

노인은 자신이 쓴 글 묶음을 손바닥으로 탁탁 쳤다.

"그래요, 악마는 곧 글이에요. 신(神)도 마(魔)도, 천사도 괴물도, 선인도 악인도, 천국도 지옥도, 이 세상도 이 세상이 아닌 것도, 결국 글이 만드는 마법이잖습니까? 글은 뭐든 다 만들 수 있어요. 우리가 상상할 수 있는 가장 달콤한 것도, 가장 끔찍한 것도, 모두!"

"비약이 심하시군요."

"비약이라고요?"

"글이 뭐든 만들 수 있는 건 사실이에요. 어떤 얘기든 지어낼 수 있으니까요. 하지만 그건 그저 글일 뿐이지, 우리들 삶 그 자체가 될 순 없잖아요. 글은 글일 뿐이지, 악마도 이 세상도 아니에요."

노인은 기가 찬다는 듯 입꼬리를 올렸다.

"진심인가요? 아니면 제 말을 억지로 부정하고 싶은 건가요?"

"부정요? 아니, 이게 그렇게 깊게 파고들 얘깃거리나 됩니까? 듣자 하니까 정말 한도 끝도 없군요. 노인장이나 저나 그저 글 나부랭이나 끼적이는 일개 글쟁이에 불과해요. 세계를 창조하고 파멸할 수도 있는 절대자라도 되는 양 착각해선 곤란하다고요."

"파하하핫!"

노인은 침이 튀는 줄도 모르고 웃어댔다.

문득 그 모습이 주름투성이의 괴물 같았다. 웃을 때마다 수백 개의 주름이 살아있는 벌레처럼 꿈틀거렸다. 이제 보니 여든 살이 아니라 백 살은 넘어 보였다.

"작가 선생, 하나만 물읍시다."

노인의 얼굴에서 웃음기가 사라졌다.

"선생은 우주의 역사가 실존한다고 생각하세요?"

"그건 또 무슨 소립니까?"

"우주 말입니다. 애초에 아무것도 없는 무의 공간에서 대폭발이 일어나고, 팽창하면서 가스와 먼지가 생성되고 그로 인해 항성과 행성이 만들어진 게 오늘날의 우주입니다. 선생은 그런 허구를 믿느냔 말입니다."

"허구라니요? 빅뱅이론은 과학적 사실이잖아요?"

"근거는?"

"예?"

"과학적 사실이라는 근거가 뭐냐는 거요?"

"그거야……."

나는 말을 하려다 말고 입을 다물었다. 노인은 내 입에서 '과학책'이라는 말이 나오길 기다리고 있는 사람처럼 보였다.

"책에서 그렇게 읽었다. 그런 말씀을 하시려는 건가요?"

노인이 비실비실 웃으며 말했다.

"수 세기에 걸쳐 내려온 연구 자료, 논문, 책들. 선생은 혹시 그런 글들이 근거라고 말하고 싶은 건가요?"

"그냥 글이 아니라 과학이죠. 지어낸 소설이 아니라 자연과학 말입니다."

"과학책도 누군가가 임의로 쓴 글입니다. 선생이 시간을 거슬러 올라가 우주의 역사를 직접 보거나 확인한 건 아무것도 없어요. 그저 누군가가 쓴 글을 맹목적 신앙처럼 믿는 것뿐입니다. 그게 선생이 생각하는 근거의 전부입니다. 아닙니까?"

"……."

"말해보세요. 우주라는 게 정말로 있다고 확신할 수 있나요? 기원전 역사가 실제로 존재했다고 확신할 수 있나요? 글이 아닌 다른 근거를 한 번 대보세요."

"궤변은 그쯤 하시죠."

"그것이 진실입니다. 글에는 그런 힘이 있습니다. 좋든 싫든, 인간은 모든 것을 글에 의존하며 삽니다. 인간에게 글은 실존하는 세계이자 절대적 신앙입니다. 글이 없다면, 신도, 악마도, 역사도, 과학도, 인간 존재의 증명도, 선생의 세계도, 아무것도 없게 됩니다."

피상적인 대화에 지쳐 고개를 돌렸다. 활활 타오르는 벽난로를 보며 식은 커피를 마셨다. 어제까지의 시간을 받치고 있던 중요한 지지대 하나가 스윽 빠져나간 기분이었다.

고개를 돌려보니 노인이 안 보였다. 소파 위엔 그가 쓴 소설 묶음만 놓여 있었다. 휑하니 넓은 거실을 둘러봤다. 벽난로 앞을 제외하곤 온통 눅눅한 어둠에 잠겨 있었다. 슬슬 이 무덤 같은 곳을 떠나고 싶었다.

"식사를 준비해뒀습니다. 가시죠."

자리에서 일어서려는데 노인이 한 손에 촛대를 들고 나타났다. 촛대엔 세 개의 촛불이 악마의 혀처럼 날름거렸다.

"아뇨, 이만 가 봐야겠습니다."

"글을 더 보고 싶지 않으세요?"

"……괜찮습니다."

"꽤 망설이며 대답하시는군요."

"뭐든 다 아는 것처럼 말씀하지 마세요!"

현관까지 뒤도 돌아보지 않고 걸었다.

"선생, 문은 언제든 열려 있습니다."

"다시 올 일 없을 거요."

현관을 나서며 돌아보니 노인은 어둠 속에 장승처럼 꼿꼿이

서 있었다.

촛불에 비친 노인의 얼굴은 하회탈처럼 웃고 있었다.

"그 집에서 하루 만에 나오셨다면서요?"

그 저택에서 돌아온 지 사흘째 되던 날 마담에게서 전화가
왔다.

"글을 좋아하는 분이라, 남편하고 얘기가 잘 통할 줄 알았거
든요. 하루 만에 나오실 줄은 몰랐네요."

마담의 목소리는 차가웠다.

"그럼 그곳에서 사나흘은 묵었어야 마땅했다는 건가요?"

"그러실 줄 알았어요. 그래도 저는 작가님을 생각해서 추천
해드린 건데, 그렇게 빨리 나오실 줄 알았다면 처음부터 다른
사람을 소개했을 거예요."

마담의 말을 도무지 이해할 수 없었다. 그 컴컴한 저택에서
재미없는 선문답 강의를 듣는 게 그리 대단한 자리인가? 추천
까지 할 정도로?

"솔직히 작가님께 실망했어요. 아, 여기 미용실인데 제 차례
가 됐네요."

마담은 일방적으로 전화를 끊었다.

화가 부글부글 끓어올랐다. 마담도 그렇고, 그 해괴한 전남

편이란 작자도 그렇고…… 가만히 있는 사람을 들쑤셔서 멋대로 갖고 논 것이다.

마담에게 전화를 걸었다. 신호는 가지만 받질 않았다. 머리를 하느라 못 받는 건지, 일부러 안 받는 건지 알 수 없었다.

그로부터 일주일이 지났다.

그동안 새로운 소설을 쓰고 있었다. 마감이 한 달여 남은 공모전에 보낼 글이었다. 이번에는 미스터리 소설을 써볼 생각이었다. 마침 괜찮은 아이디어도 떠올랐다.

문제는 글을 쓰는 행위 그 자체에 있었다. 얘깃거리는 머릿속에서 뱅뱅 맴도는데, 진도가 쭉쭉 나가질 못했다.

글 때문에 괴로워하며 잠 못 이루는 밤에는 그 컴컴한 저택이 망령처럼 떠올랐다. 노인이 쓴 글들이 영화처럼 좍 펼쳐졌다. 그 글들은 어딘지 일필휘지로 써 내려간 느낌이었다. 대체 그 깡마른 노인의 어느 구석에서 그런 힘이 나오는 걸까?

노인의 다른 글이 읽고 싶었다. 그의 글 속에서 심장처럼 펄떡이는 강렬한 에너지를 내 것으로 만들고 싶었다.

마담에겐 연락하지 않고, 그 집을 다시 찾았다.

오후 두 시쯤 그 3층 양옥에 도착했다. 대문은 반쯤 열려 있었다.

마당 안으로 한 걸음 들어서니 며칠 전 이 집을 나설 때가 생각났다. 다시 찾지 않겠노라 다짐하며 나선 이곳에 다시 발을 들여놓으려니, 그간의 시간이 모두 허물어져 내리는 기분이었다. 이 집에서 한 걸음도 나간 적 없이 계속 머물고 있었다는 기묘한 착각이 온몸을 휘감았다.

노인은 거실 한가운데에 묘비처럼 우뚝 서 있었다.

"돌아오셨군요."

"그렇게 말씀하시니, 꼭 제집에 온 것 같네요."

"크게 보면 그것과 다를 바가 없죠."

노인은 뜻 모를 소리를 뱉으며, 장작불이 활활 타오르는 벽난로로 갔다.

그곳엔 김이 모락모락 피어오르는 커피와 두둑한 소설 묶음이 놓여 있었다.

"잠시 자리를 비켜드릴 테니 마음껏 읽으세요."

노인이 2층으로 사라지자마자 소설 묶음을 펼쳤다.

"이 마지막 소설은 대체 뭡니까?"

총 여섯 편의 소설을 다 읽고 나니, 노인이 소리도 없이 다가와 맞은편 소파에 앉았다.

"마지막 소설이 어쨌기에 그러십니까?"

"이 〈이상한 저택〉 말입니다. 아무리 봐도 이건 꼭 제 얘기

같은데요?"

"그런가요? 전 잘 모르겠습니다만."

"능청 떨지 마세요. 아버지의 장례를 치른 소설가가 우연히 만난 노인의 손에 이끌려 노인의 저택에서 머무르게 된다는 이야기잖아요."

노인은 자신이 쓴 소설 묶음을 만지작거리며 별 것 아니라는 듯 입술을 삐죽거렸다.

"하지만 선생께선 모친상을 치르지 않으셨나요? 아버지가 아니잖아요."

"말꼬리 잡지 말고, 다 털어놓으세요."

노인은 벙글벙글 웃으며 커피를 홀짝거렸다. 그 능구렁이 같은 모습을 지켜보며 〈이상한 저택〉의 스토리를 떠올렸다. 소설가는 노인의 집에 묵으며 노인이 차려주는 진기한 음식들을 끝도 없이 먹는다. 노인에게는 미모의 아내가 있었고, 소설가는 그 아내에게 푹 빠져서 계속 그 집에 머물게 된다. 마지막에 이르러 소설가는 자신이 한 마리의 돼지이고, 노인에게 사육되고 있음을 깨달으며 절규한다.

"말해보세요. 노인장은 제가 다시 올 걸 알고 이 소설을 쓴 겁니까?"

"글쎄요? 어떻게 생각하세요?"

"되묻지 말고 대답을 해!"

누르고 눌렀던 뜨거운 응어리가 폭발해 노인의 멱살을 쥐고 흔들었다.

"이거 놓으세요."

노인은 눈 하나 깜빡이지 않았다. 그제야 겁이 났다. 이 집도, 노인도, 세상에 존재하지 않는 '다른 것'으로 보였다. 번데기 같은 노인의 얼굴이 새삼 진저리나게 무서웠다.

"그렇게 겁먹을 것 없어요. 선생께서 돼지로 변하는 일은 없을 테니까요."

노인은 자리에서 일어났다.

"갑시다."

노인은 그렇게 말하고 2층 계단을 올랐다.

잠깐 망설였다. 지금이라도 현관을 박차고 도망칠 수 있었다. 어쩐지 노인을 따라 2층으로 가면 두 번 다시 이 집을 벗어날 수 없을 것 같았다.

"빨리 안 오고 뭐 하세요?"

층계참에서 노인이 돌아봤다.

"선생이 알고자 했던 답이 있는 곳으로 안내하겠습니다."

"좋아요. 가 드리죠. 하지만 말도 안 되는 선문답을 또 꺼냈다가는 그냥 있지 않을 겁니다. 노인장의 그 말라비틀어진 목을 비틀어드리죠."

"무섭군요. 하지만 한 가지만 말씀드리죠. 전 노인장이 아닙니다. 선생보다 다섯 살 많을 뿐입니다."

지독한 농담이었다. 이를 악물고 노인의 뒤를 따랐다. 그리고 한 번도 가보지 못했던 2층에 도착했다.

"이게 다 뭡니까?"

2층 공간은 종이 묶음들로 빽빽했다. 복도 양쪽을 따라 키보다 높게 쌓여 있었다.

"설마 이게 다 소설입니까?"

노인은 대꾸 없이 좁은 복도를 성큼성큼 걸어갔다.

"기다려요."

잰걸음으로 노인의 뒤를 쫓았다. 종이 묶음이 어깨에 닿으며 무너졌다.

묶음 몇 개를 펼쳐봤다. 모두 소설이었다. 갖가지 제목이 눈에 들어왔다. 어둠을 삼킨 남자, 지네 노인, 그림자 인간의 음모, 여섯 번째 대재앙, 외계에서 온 먼지벌레, 핵폭탄 인간, 마녀와 미녀, 소설로 만든 집.

복도 양옆으로는 여러 개의 방이 있었다. 혹시나 해서 문을 열어보니 방마다 소설로 가득했다. 방바닥, 책상 위, 서랍과 캐비닛 안…… 온통 소설 묶음으로 터질 듯이 차 있었다.

대체 이 노인은 얼마나 많은 소설을 쓴 걸까? 천 편? 이천 편? 아니, 2층 복도와 방 전체가 이렇게 소설이 차 있다면 수만 편도 넘을 것이다. 마담은 노인이 3년 전부터 이 집에서 글을 쓰기 시작했다고 했다. 3년 만에 이 정도 양을 쓴다는 건 불가능하다.

열린 방 너머에서 시커먼 그림자가 아른거렸다.

소설 묶음으로 어지러운 방 한쪽에 프린트기가 기계음을 내며 돌아갔다. 시커먼 그림자는 그 앞에 웅크리고 서서 프린트된 종이를 스테이플러로 묶고 있었다.

그림자는 형체가 또렷하지 않았다. 사람 모습을 하고 있지만 눈, 코, 입이 뭉개진 것처럼 흐릿했다.

"이쪽입니다."

노인의 목소리가 들렸다.

"선생을 위한 방은 따로 있습니다."

노인이 먼 곳에 서서 손짓했다.

"하지만 여기……."

나는 방 너머로 손가락을 가리키며 호소하듯 노인을 보았다.

"개의치 마시고 이쪽으로 오시죠."

노인이 단호하게 말했다.

"그들은 그들이 할 일을 하는 겁니다."

"그들?"

"선생은 선생이 할 일을 하세요."

노인은 그렇게 말하고 왼쪽 모퉁이를 돌았다. 그곳엔 3층으로 오르는 계단이 있었다.

3층 복도는 어지럽지 않았다. 바닥을 나뒹구는 종이 묶음도 없었다.

노인은 복도 가운데에서 커다란 문을 열었다. 넓고 안락한 방이 나왔다. 한쪽 벽에는 고전소설부터 현대소설까지 여러 장르의 책들이 보기 좋게 정리되어 있었다.

창가 쪽엔 집필 공간이 따로 마련되어 있었다. 원목으로 된 고급 책상과 푹신한 의자가 놓여 있었고, 창문에 드리워진 커튼은 짙은 보라색이었다.

"이곳이 선생의 집필실입니다."

"집필실요? 전 여기서 글을 쓰겠다고 말한 적 없습니다."

"앉아서 뭐라도 써보세요. 그럼 생각이 달라질 겁니다."

그때 여자아이의 웃음소리가 들렸다.

집필 공간 반대쪽 구석 소파에서 갈래머리를 한 작은 소녀가 걸어 나왔다. 대여섯 살쯤으로 보였다.

"제 딸입니다."

노인이 말했다.

"얘야, 이제부터 이 방은 저분이 쓰실 거야. 그러니 우린 밑으로 내려가서 놀자."

노인은 소녀의 어깨를 감싸며 돌아섰다.

"잠깐만요. 이 아이는……."

"얘야, 먼저 내려가 있으렴."

소녀는 고개를 끄덕이며 밖으로 나갔다.

소녀가 사라지자 노인이 고개를 돌렸다.

"선생, 내가 몇 살로 보이나요?"

"예?"

"지난 몇 년간 저는 지옥과 천국 모두를 경험했습니다. 딸을 잃고, 딸을 찾았으니까요. 하지만 그 모든 과정은 결국 지옥으로 가는 기나긴 여정에 불과했습니다. 그래도 전 어떤 후회도 없습니다. 지옥이든 뭐든, 제 목숨보다 소중한 것을 곁에 둘 수만 있다면!"

"……."

"글을 쓰세요. 글은 모든 것을 창조할 수 있습니다. 창조할 수 없는 것까지! 결국 그것 때문에 선생도 이곳까지 오게 된 겁니다."

노인은 사라지고, 홀로 남겨졌다.

창가로 가서 커튼을 열었다. 저택 뒤쪽 풍경이 펼쳐졌다. 그곳엔 청회색 빛이 감도는 늪이 있었다. 이 저택 뒤쪽에 이렇게 큰 늪이 있는 줄은 몰랐다. 징그러울 정도로 커다란 늪이었다.

늪에 시선을 빼앗기고 있노라니 내 정신세계가 허공에 낱낱이 분해되어 흐물흐물해지는 느낌이 들었다. 그 흐물흐물해진 액체 덩이는 순식간에 늪 속으로 빠져들었다가 재빨리 솟구쳐 올랐다. 하지만 뭔가 다른 것으로 변질되어 있었다. 그리고 그 것들이 내 머릿속으로 다시 들어와 자리를 잡았다.

책상 앞에 앉았다. 책상 위엔 공책과 연필 그리고 노트북이 놓여 있었다. 노트북을 열었다.

머릿속에서 강렬한 얘깃거리가 샘솟았다. 두 손이 그것을 재빨리 받아 옮겼다.

노인이 쟁반에 아침 식사를 가져왔다.

"지내시는데 불편한 점은 없었나요?"

쟁반을 소파 테이블에 놓으며 물었다.

"나쁘진 않았어요."

"그럴 줄 알았습니다."

실제로 낯선 곳에서 하룻밤을 보낸 것치곤 나쁘지 않았다. 글도 잘 써졌다. 머릿속이 뻥 뚫린 것처럼 시원했고, 얘깃거리도 쉼 없이 쏟아졌다. 모든 게 기분 나쁠 정도로 순조로웠다.

식사 때가 되면 노인이 간단하게 차린 음식을 가져왔는데, 그것도 나쁘지 않았다. 다만 꿈자리는 뒤숭숭했다.

잠자리는 안락했다. 안쪽에 마련된 넓은 소파는 침대보다 아늑했다. 하지만 눈을 감자마자 악몽이 밀려왔다. 밤새도록 컴컴한 지하 미로에 갇혀 출구를 찾아 헤맸다. 발밑에는 개구리와 도마뱀이 바글바글했다. 벽과 대들보엔 수백 마리의 뱀이 휘감겨 있었다.

잠을 깨고도 축축하고 물컹한 파충류의 느낌이 손끝에 남아 뒷맛이 찜찜했다.

쟁반에는 빵과 스프와 샐러드가 놓여 있었다. 스프 그릇 옆으로 아침 신문이 돌돌 말려 있었다. 빵을 먹으며 신문을 펼쳤다. 사회면에 커다랗게 실린 기사 제목이 눈에 들어왔다.

'난쟁이 살인마 출몰! 하룻밤 사이 여성 세 명 살해!'

숨이 막혔다. 기사를 읽을수록 온몸에 소름이 돋았다.

신문을 내던지고 책상으로 달려갔다. 노트북을 펼치고 어젯밤 쓴 원고 〈밤의 살인마들〉을 훑었다.

똑같았다!

난쟁이 살인마가 하룻밤 사이 세 명의 여성을 살해한다는 것도, 살해도구로 곡괭이를 썼다는 것도, 모두 똑같았다. 살인마의 복장도 같았다. 새까만 후드 코트를 입고, 얼굴에 하얀 가면을 쓰고, 한 손에 기다란 곡괭이를 든 난쟁이 살인마.

신문에는 방범 카메라에 찍힌 살인마의 모습이 실려 있었다. 위에서 찍혔고, 사진도 흐릿해서 알아보긴 힘들었다. 그 사진 한 장으론 그가 누군지, 어디에 사는지 알아내기 힘들 것이다. 다만…….

그것을 잘 아는 사람이 한 명 있었다.

그를 창조해낸 사람.

커서를 밑으로 내리며 원고의 뒷내용을 더 확인했다.

그러다 문득 이상한 느낌이 들었다. 어젯밤 신들린 듯 써 내려간 글이지만, 어딘지 낯설었다. 정말로 내가 쓴 게 맞는지 헷갈렸다.

더구나 원고 매수를 확인하며 더 놀랐다. 하룻밤 사이 200자 원고지 600매에 달하는 글을 썼다. 오후 늦게부터 쓰기 시작해 새벽 한 시쯤 잠을 잤다. 글을 쓴 시간은 길어야 일고여덟 시간 정도다. 불가능하다. 일고여덟 시간 만에 600매를 창작한다는 건 무리다.

창문을 열고 숨을 들이쉬었다. 늪 너머 산등성이에 안개가 자욱했다. 미지근한 바람이 불어와 목덜미를 만졌다.

'베껴 쓴다?'

지난 밤 신들린 듯 써 내려간 그 소설은 창작이 아니라 누군가가 불러주는 단어들을 그대로 베껴 쓴 걸까? 그렇다면 대체 누가? 누가 내 머릿속으로 비집고 들어와 육백 매에 달하는 이 야기를 옮었단 말인가?

바람에 넘실거리는 늪 수면에서 비린내가 올라왔다. 청회색 의 늪은 어쩐지 웃고 있는 것 같았다. 기분 나쁜 웃음이었다.

그때 문이 열리며 누군가가 고개를 쓱 내밀었다.

어제 본 소녀였다. 소녀는 고개를 갸웃거리며 들어가도 될지 말지 망설였다.

"들어와도 돼."

그렇게 말하자 소녀는 환한 미소를 지으며 소파 쪽으로 달려 갔다. 그곳엔 여러 가지 장난감이 놓여 있었다. 소녀는 웅크리 고 앉아 그것들을 가지고 놀았다.

"아직 점심시간 전인데, 뭔가 다른 볼일이라도 있나요?"

노인은 1층 주방에서 음식을 만들고 있었다. 프라이팬에 양 파, 파프리카, 양배추를 볶고 있었다. 김이 무럭무럭 나는 냄비 에선 뭔가가 부글부글 끓고 있었다.

"오늘 아침 신문 말인데요, 일부러 갖다 놓으신 거죠?"

"신문이 문제라도 되던가요?"

"문제가 되죠. 대체 이게 다 어떻게 된 일인지 설명해주세요. 당신 딸 문제까지 포함해서!"

노인은 도마를 꺼내 차분히 당근을 썰었다. 얇게 썬 당근을 냄비에 넣으며 말했다.

"이것 보세요, 선생. 여긴 글쓰기엔 최적의 장소입니다. 선생도 그걸 충분히 느꼈으리라 생각됩니다만."

"그래서요……?"

"전 선생을 묶어둔 적이 없어요. 선생은 나가는 길을 잘 알고 있고요. 그런데도 떠나지 않는 건 아마도 선생이 지닌 욕망 때문이겠죠!"

"욕망이라뇨?"

"창조하고자 하는 욕망."

노인이 짧게 말했다.

"딱히 그런 욕망이 있는 건 아닌데요."

"좀 더 두고 보면 알겠죠."

노인은 냄비 뚜껑을 닫으며 짧게 한숨을 뱉었다.

"선생, 전 살 날이 얼마 남지 않았어요. 보기엔 이래도 아직 젊은 나이입니다. 그래도 전, 이렇게 죽는 것에 미련이 없습니다. 원하는 바를 이뤘으니까요."

"당신 딸을 말하는 거겠죠?"

"맞아요! 모든 게 그 애 때문이죠. 그러니 선생도 이제 확실히 결정을 내리세요. 선생께서 원하는 바를 얻고자 한다면 여기에 남아 글을 쓰세요. 그게 아니라면 지금 당장 이곳을 떠나 영영 돌아오지 마세요!"

노인은 어깨를 들썩이며 기침을 했다. 기침은 쉽게 멈추지 않았다. 손바닥 가득 피를 내뱉고서야 잦아들었다.

"괜찮아요?"

"괜찮지 않아요. 이제 길어야 사나흘일 겁니다."

"하지만…… 이해할 수 없군요. 죽은 사람을 되살려 놓을 수 있다면, 당신 목숨도 연장할 수 있잖아요."

"그러고 싶지 않소! 난 이미 너무 많은 글을 썼소. 글이 악마란 얘길 했던가요? 글은 뭐든 창조할 수 있기 때문에 악마지요."

노인은 식탁 의자에 앉아 손수건으로 입가를 닦았다.

"신을 믿진 않지만 정말로 신이 있다면, 그는 아마 무엇도 창조하지 않을 겁니다. 창조는 파멸을 위해 존재하는 고뇌의 과정에 불과합니다. 인간의 삶이 죽음으로 가는 긴 몸부림인 것처럼. 신이 무엇도 창조하지 않는 이유가 그 때문이라면, 악마가 뭐든 창조하는 이유 또한 그 때문이죠."

노인의 눈이 뱀처럼 번뜩였다.

"난 악마가 많은 것을 창조하도록 내버려뒀소. 기꺼이 두 손을 빌려줬지. 덕분에 이렇게 반 시체가 되었소."

머릿속이 새까맣게 타들어가며 눈앞이 어지러웠다.

"악마는 자신의 세계를 끊임없이 창조하고 있소. 그것으로 존재를 견고히 다져갈 수 있으니까요. 우린 그가 설계하는 대로 집을 짓는 목수에 불과합니다."

노인은 마른 가지 같은 손으로 내 어깨를 움켜쥐었다.

"선생……! 선생이 이 세계를 계속 만들어가지 않으면, 이 세계는 부분적으로 허물어지고 마오. 그럼 간신히 만든 내 딸의 세계도 다시 파괴되고 만다오. 부디 글을……."

노인은 바닥에 무릎을 꿇고 기침을 했다. 바닥에 피가 튀었다.

사흘 후 노인이 죽었다.

"내 시신은 그냥 늪 속에 넣어주시오. 부탁합니다."

죽기 직전 노인의 얼굴은 무척 편안해 보였다. 길고 힘들었던 전투를 끝내는 병사 같았다.

"전처에게 전화를 해뒀습니다. 내일 딸을 데리러 올 겁니다. 다 선생 덕분입니다."

"부인께서도 이 모든 걸 알고 계셨던 겁니까?"

"그녀는 아무것도 모르는 거나 마찬가집니다. 다만 누군가 이 집에 남아 글을 써야 딸이 살 수 있다는 것만 알죠. 그녀는 나를 대신해서 계속 글을 써줄 사람을 찾고 있었던 거죠. 어쨌거나 이렇게 말려들게 해서, 선생에겐 미안합니다."

노인은 길게 숨을 내쉬더니 눈을 감았다.

"하지만 선생…… 무리는 하지 마시오. 정 아니다 싶으면 떠나시오. 난 그걸 못했던 거요."

노인의 유언대로 시신을 늪 속에 가라앉혔다. 하늘에선 까마귀가 울었다.

다음 날 마담이 찾아왔다. 마담은 딸의 손을 잡고 산을 내려갔다.

3층 집필실에 틀어박혀 일부러 마담을 만나지 않았다. 그녀와 눈을 마주하기 껄끄러웠다. 그녀는 거미처럼 나를 이곳에 끌어들였다. 나는 그녀의 페로몬에 이끌려 금단의 열매를 따먹은 것이다. 에덴에서 쫓겨난 아담처럼.

저녁 늦게까지 원고지 400매를 써 내려갔다.

〈밤의 살인마들〉은 벌써 완성했다. 그 후로 단편 다섯 편과 중편 두 편을 더 썼다. 작품을 완성할 때마다 아래층 어딘가에서 프린트가 되고, 종이로 묶어졌다.

2층을 지날 때마다 그림자 인간을 몇 번인가 더 본 적이 있다. 그들은 내 눈길을 의식하지 않고 묵묵히 할 일만 했다. 그들에 대해선 일일이 신경 쓸 필요 없다고 노인이 일러 줬다. 맞는 얘기였다. 나는 그저 책상 앞에 붙박여 글만 쓰면 된다.

식사도 거르고 글쓰기에 몰두해 있는데 물결 소리가 들렸다.

창문을 열고 밖을 내려다봤다. 늪은 묵직한 어둠에 잠겨 있었다.

늪가에 핀 억새가 우스스 소리를 냈다. 누군가 억새를 헤치고 늪에서 나왔다. 물소리와 억새 소리가 들리더니 이내 잠잠해졌다.

늪가에 어떤 남자가 우두커니 서서 이쪽을 올려다봤다.

온몸에 소름이 돋았다. 창문을 닫고 커튼을 내렸다.

잠시 후 녹슨 철문 열리는 소리가 들렸다. 저택 대문을 열고 누군가 들어오는 소리였다. 이어서 나직한 발소리가 들렸다. 소리는 먼 곳에서부터 희미하게 들렸다가 점점 가까워졌다. 1층과 계단, 2층 복도를 오르는 소리가 자장가처럼 아련히 울려 퍼졌다.

뚜벅뚜벅 울리던 발소리가 문 앞에서 멈췄다.

천천히 문이 열렸다.

그는 얼굴만 쓱 내민 채 방안을 이리저리 살폈다. 나와 시선이 마주치자 눈을 부릅뜨고, 고개를 갸웃거리며, 빙긋 웃었다. 잘못을 저지르고 숨은 아이를 찾아낸 어른처럼 '거기 있었구나!' 하는 야릇한 표정이었다.

그는 키가 컸다. 2미터는 될 것 같았다. 반듯하게 뻗은 허리를 새까만 정장 자락이 감싸고 있었다. 머리카락은 군인처럼 짧았다. 앞 머리카락 몇 올만 눈썹까지 내려왔는데, 물기를 머금은 채 반들거렸다. 그는 그 머리카락을 옆으로 쓸어 올리며 걸어왔다.

"반갑습니다, 선생."

중저음의 매력적인 목소리였다.

"그렇게 놀라실 것 없습니다. 전 선생의 조력자입니다. 글쓰기에 필요한 모든 것을 제공해드리죠."

"이 저택의 진짜 주인인가요?"

"아뇨, 이 저택의 주인은 선생이죠. 이 저택은 기록의 요람입니다. 머릿속에서 나올 수 있는 모든 얘깃거릴 글로 남기는 곳입니다. 선생처럼 글쓰기에 재주가 있는 분들을 위한 공간이죠. 그런 재주가 없는 사람은 이곳에 있을 자격이 없죠."

"그래서 당신은 늪에서 지내나요?"

남자가 이를 드러내며 웃었다.

"그 늪은 사념이 잼처럼 뒤엉킨 공간입니다."

남자는 소파 쪽으로 걸어가더니 의자 하나를 끌고 왔다.

의자에 앉으며 안주머니에서 시가를 꺼냈다.

"이 세상엔 눈에 보이지 않는 구멍이 많습니다. 그 구멍들은 사람에게서 흘러나온 생각과 감정을 빨아들이죠."

남자는 시가에 불을 붙이며 미간을 살짝 찌푸렸다.

"그런 사념들이 구멍을 통해 강줄기처럼 흘러 저 늪에 도달한 겁니다."

그는 시가를 한 모금 빨아들이며, 한손으론 의자 팔걸이를 톡톡 쳤다. 길고 하얀 손가락이 따로 떨어진 생물처럼 꿈틀거렸다.

"그게 어쨌다는 겁니까? 느닷없이 나타나 왜 그런 소릴 하는 거요?"

분위기에 압도당하기 싫어 발끈하며 소리를 쳐봤다.

남자에겐 통하지 않았다. 그는 빙긋 웃으며 연기를 훅 뿜어냈다. 퍼런 연기가 천장으로 뭉실뭉실 떠올랐다.

"선생은 혹시 제 생긴 모습이 마음에 안 드십니까? 나름대로 보편적인 인간의 모습을 형상화한 것입니다. 정 마음에 안 드시면 다른 모습으로 변할 수도 있습니다."

"됐습니다. 생긴 모습은 어떻든 상관없습니다."

애써 호흡을 가다듬고 남자를 쳐다봤다.

"저 늪이 사념이 뒤엉킨 곳이라고 칩시다. 그렇다면 대체 당신은 그런 곳에서 무얼 하는 겁니까? 또 어째서 이런 저택을 짓고 작가들을 끌어들여 글을 쓰게 합니까?"

"세계를 창조하기 위해서죠. 사념의 응어리는 창조의 좋은 재료거든요."

남자는 책상 위에 놓인 유리 재떨이에 재를 털며 눈을 치켜 떴다. 그 눈동자가 고양이처럼 노랗게 빛났다.

"선생은 혹시 악마의 문법을 아시나요?"

그가 느닷없이 그렇게 물었다. 악마의 문법이라니. 그런 말은 처음 들었다.

남자는 연기를 길게 뿜으며 빙긋 웃었다.

남자는 담배 연기 자욱한 허공의 한 점에 시선을 던지며 말했다.

"그 전에 악마의 유래에 대해 먼저 말해야겠군요."

그는 검지와 중지 사이에 낀 시가를 빙글빙글 돌리며 뜻 모를 얘길 늘어놓았다.

"기원전 6세기경, 고대 왕국 아케메네스에서 조로아스터교가 생겨납니다. 아후라 마즈다라는 유일신을 믿는 종교인데, 나중에 아베스타라는 경전으로 집대성되어 보다 널리 읽힙니다. 오늘날의 절대신, 천국과 지옥, 선과 악의 세계관은 모두 거기서부터 비롯된 겁니다."

"……."

"경전 아베스타에 따르면 아후라 마즈다에서 두 개의 영이 나오게 되는데 그중 하나는 선을 선택한 스테판 마이뉴입니다. 또 하나는 악을 선택한 앙그라 마이뉴입니다. 이 앙그라 마이뉴는 후세에 여러 이름들로 불렸습니다. 그중 가장 많이 불린 이름이 바로 샤이틴, 오늘날의 사탄이죠! 말하자면 앙그라 마이뉴는 최초의 악마인 셈이죠."

"역사나 신화에 지식이 많으신가 보군요. 전 그쪽으론 무지합니다. 그래서 도무지 무슨 소린지 알 수가 없군요."

남자는 짤막해진 시가를 깊이 빨아들이며 입꼬리를 올렸다. 그의 눈동자가 또다시 노랗게 번뜩였다.

"저도 그쪽으로 지식이 해박한 편은 아닙니다. 다른 나라의 역사나 신화에 관심이 있는 것도 아니고요. 저는 그저 살아온 얘길 하고 있는 겁니다."

방안엔 얼음 같은 침묵이 흘렀다. 불빛을 보고 날아든 나방 한 마리만이 유리창을 탕탕 치며 침묵을 방해했다.

남자는 시가를 재떨이에 톡톡 털며, 한 손으론 날선 턱을 어루만졌다.

"선생, 혹시 밀턴은 아세요?"

그의 입에서 뜬금없이 고전 문학가의 이름이 나왔다.

"밀턴이라면……《실낙원》을 쓴 존 밀턴 말인가요?"

"역시 작가시라, 잘 아는 군요."

"아뇨. 제목만 들어봤어요. 읽어보진 않았어요."

"밀턴이 《실낙원》을 쓸 당시 장님이었다는 건 알고 있었나요?"

"그랬던가요? 몰랐어요."

"17세기 중반, 청교도 혁명 때 올리버 크롬웰이 이끄는 의회파가 왕당파를 몰아내고 찰스 왕을 처형하죠. 밀턴은 당시 의회파를 위해 일했습니다. 그 후 크롬웰이 죽자 의회파도 무너지고 왕정복고도 이뤄집니다. 밀턴은 크롬웰이 죽기 몇 년 전에 시력을 잃습니다."

그의 대화는 종잡을 수 없었다. 처음 듣는 고대 종교 얘기를 하더니 이번엔 청교도 혁명에 밀턴까지 들먹였다.

"어쩌다가 시력을 잃게 된 거죠?"

답답한 마음을 억누르며 묻자, 남자는 고개를 갸웃거렸다.

"과로 때문이라지만, 글쎄요……?"

남자는 입술을 핥으며 장난스럽게 웃었다.

"올리버 크롬웰은 찰스 I세를 처형하고 1649년, 잉글랜드 공화국을 세웁니다. 하지만 그는 독재자가 되죠. 켈트인의 땅인 아일랜드와 스코틀랜드를 침략해 끔찍한 학살과 만행을 저지릅니다. 말 그대로 공포 정치를 한 겁니다."

"……."

"하지만 크롬웰도 비참한 최후를 맞이합니다. 왕이 되려 했던 그는 독감에 걸려 죽습니다. 그가 죽자 왕당파가 다시 일어나 크롬웰을 따르던 추종자들을 교수형에 처합니다. 크롬웰의 시신도 무덤에서 파헤쳐져 부관참시를 당하죠. 그의 시체는 갈가리 찢기고, 잘린 목은 거리에 내걸려 새와 들짐승의 먹이가 되죠."

속이 울렁거려 더는 듣기 힘들었다.

남자는 시가를 깊게 들이마시며 눈을 가늘게 떴다.

"그런데 선생…… 일설에는 크롬웰이 악마였다는 말도 있습니다."

"……."

"민주주의 혁명을 일으켰던 크롬웰이 무자비한 독재자가 되어 피를 뿌린 것은 그가 악마를 몸속에 들였기 때문인 거죠."

나는 입술을 질끈 깨물었다.

"왜 그러시죠? 크롬웰의 악마설을 부정하는 건가요? 그렇다면 선생, 라스푸틴은 어떨까요?"

남자가 이번에는 러시아의 요승 라스푸틴을 언급했다.

"몰락해가는 로마노프 왕조에 기생해서 갖은 폭정과 살육을 일삼았죠. 게다가 해괴하기가 이를 데 없는 인물이죠. 일설에 따르면 라스푸틴은 그를 죽이려 한 암살단이 마련한 파티에서 청산가리가 든 음식을 먹고도 멀쩡했다고 합니다."

"……."

"보다 못해 암살단 리더가 그를 총으로 쏘았지만 그는 쓰러졌다가 다시 벌떡 일어났죠. 공포에 질린 암살단 모두가 달려들어 곤봉으로 그의 머리가 으스러질 때까지 때립니다. 그리고 얼음이 덮인 강 밑으로 던져버리죠. 그런데 말입니다, 며칠 뒤라스푸틴의 시체를 건져 조사해보니 그의 사인은 놀랍게도 독살도, 총살도, 타살도 아닌, 익사였습니다."

남자는 짤막해진 시가를 재떨이에 올리며 서늘한 미소를 지었다.

"기원전 500년 전에 탄생한 앙그라 마이뉴는 조로아스터교의 몰락과 함께 영영 소멸해 버렸을까요? 아니면 후대에 걸쳐 모습과 이름을 바꾸며 계속 잔존해 왔던 걸까요?"

남자가 허리를 숙이며 책상에 두 팔을 모아 그 위에 턱을 올렸다.

"선생, 밀턴의 눈이 먼 이유는…… 악마를 보았기 때문입니다."

"……."

언제부턴가 나는 아무런 대꾸도 할 수 없었다. 숨 막힐 듯한 두려움에 온몸이 저려 손끝까지 굳었다.

"이제 악마의 문법에 대해 말씀드리죠."

남자가 하얗게 질린 내 표정을 살피며 말했다.

"특정 글자, 부호의 배치, 어떤 표현법의 중복 사용, 문단을 나누는 특별한 방법만으로 글은 문자의 한계를 뛰어넘을 수 있습니다. 내용 때문이 아니라 그러한 배열법 때문이죠. 이것이 악마의 문법입니다. 이 문법으로 완성한 글은 읽는 이를 죽일 수도 있고, 살인마로 만들 수도 있죠. 심지어 죽은 이를 되살려 낼 수도 있고, 세계를 재창조할 수도 있습니다."

"흐흐흐……."

남자가 나직이 웃었다. 웃음소리는 뱀처럼 스멀스멀 다가와 내 몸을 감쌌다. 남자의 눈이 깊숙이 들어가며 하얀 자위만 번들거렸다.

"밀턴은 밤마다 창을 두드리는 악마를 방 안으로 들였어요. 그리고 귓가에 속삭이는 악마의 문법을 그대로 받아서 《실낙원》을 완성했어요."

통, 통, 통…….

뭔가가 창문을 두드렸다.

화들짝 놀라 고개를 돌렸다.

창밖에는 잘린 목이 웃고 있었다. 코뼈가 뭉개지고 반쯤 썩은 얼굴이었다. 그 얼굴에 구더기가 들끓었다. 밥풀처럼 하얗게 바글거리는 구더기는 얼굴을 반으로 쩍 갈라놓았다. 반으로 갈라진 얼굴은 곧 두 개의 뱀 머리로 변해 기다란 송곳니를 보였다.

"우와앗!"

비명을 지르며 의자에서 굴러 떨어졌다.

창밖을 다시 보니 얼굴도 뱀도 보이지 않았다. 맞은편을 보니 남자도 사라지고 없었다. 재떨이에 놓인 시가만이 빨갛게 타오르며 연기를 뿜었다.

"그 남자가 결국 악마였다는 얘기군요."

변호사가 말했다.

"얘기가 그렇게 되는 거예요?"

변호사 부인이 어깨를 움츠리며 남편을 보았다.

"그런 얘기잖아. 그 늪에서 나온 남자의 얘기를 종합해보면, 자신이 앙그라 마이뉴의 현신이란 소리잖아."

"그런데 조로아스터니 앙그라 마이뉴니 하는 게 정말로 있는 얘긴가요?"

교수 부인이 와인 잔을 손가락으로 톡톡 치며 물었다.

"조로아스터교는 실존했던 종교야."

교수가 말했다.

"그 종교의 창시자 조로아스터에 대해선 의견이 분분해. 그의 존재 시기를 기원전 600년으로 보는 설도 있고, 기원전

6000년으로 보는 설도 있거든."

"밀턴 얘기는 어때요? 정말로 악마를 봐서 눈이 먼 걸까요?"

의사가 물었다. 교수는 와인을 들이키며 고개를 저었다.

"그건 터무니없는 얘기에요. 밀턴은 과로로 눈이 먼 거예요. 그는 크롬웰이 정권을 잡을 당시 외교 장관의 업무를 맡고 있었는데, 엄청난 양의 서류를 매일 봐야 했대요. 눈이 먼 건 그 때문이죠."

실내엔 긴 침묵이 이어졌다. 사람들의 머리 위로 앙그라 마이뉴와 밀턴, 악마에 대한 갖가지 사념들이 연기처럼 떠다녔다.

"그나저나 작가 선생, 듣다 보니 좀 애매한 것 같군요. 이 얘기가 정말로 선생의 경험담이란 말이오?"

변호사가 물었다.

"창작을 하신 거겠지."

의사가 웃으며 말했다.

"하지만 전 작가님 얘기에 너무 빠져들었어요. 정말로 있었던 일 같았어요."

의사 부인이 말했다.

"그러니까 작가지. 그 화술에 넘어가면 곤란하다고."

의사가 와인을 홀짝이며 말했다.

"실화든 뭐든 좋으니, 그 후의 이야기나 마저 들려주세요."

교수 부인이 재촉했다.

"그래요, 저도 궁금하네요. 앙그라 마이뉴의 현신이라 주장하는 그 남자는 또 나타났나요?"

교수가 물었다.

나는 빈 잔에 술을 따르며 모두를 둘러봤다.

"그 남자는 지금 여러분 앞에서 술을 따르고 있답니다. 이렇게."

모두의 표정이 창백하게 굳었다.

"긴장하실 것 없어요. 웃어요."

나는 잔을 들어 천천히 술을 마셨다.

누구도 웃지 않았다.

"그래요. 말씀드리죠."

잔을 내려놓고 안주머니에서 시가를 꺼내 물었다.

"앙그라 마이뉴의 현신이라는 그 남자는 그 후로도 더 찾아왔어요. 몹시 혼란스러웠죠. 한번은 몰래 기다렸다가 그의 등에 칼을 꽂았어요. 남자는 사라지고 개구리와 도마뱀만 쏟아지더군요. 전 인정할 수밖에 없었어요. 앙그라 마이뉴는 사라진 게 아니라 모습을 바꾸고 다른 인물로 끝없이 잔존해 왔다는 것을. 그리고 지금은 사념의 늪 속에 몸을 숨긴 채 창조된 세계가 쌓이고 쌓이기를 기다리는 중일 테죠. 언젠가 찾아올 파괴의 달콤함을 위해."

말을 하는 동안 아무도 움직이지 않았다. 눈조차 깜빡이지 않았다.

"그 후 전 글쓰기에만 전념했죠. 내 귓가에 속삭이는 악마의 문법대로. 그 글들은 고스란히 현실 세계 어딘가에 어떤 식으로든 형체를 갖췄죠. 수천, 수만 편의 소설을 썼고 그만큼 앙그라 마이뉴의 세계는 견고해졌죠. 그 세계 속에서 저는 죽은 제 어머니를 살려냈습니다. 저택 1층에 어머니의 방을 마련했죠. 어머니를 살려내고 나니, 창조에 대한 욕망은 더 커지더군요. 그러다 기막힌 생각이 떠올랐죠. 창조의 중심에 서보기로 결심한 겁니다. 제가 앙그라 마이뉴가 되는 겁니다. 크롬웰이나 라스푸틴처럼 말이죠."

시가 연기를 내뿜으며 자리에서 일어섰다.

"이걸로 제 이야기는 끝났습니다. 전 단지 누군가에게 제 얘기 들려주고 싶었고, 그래서 이 바도, 이 온천 마을도 창조해냈습니다. 여러분은 훌륭한 청자였습니다. 하지만 불안해하지 마세요. 자정이 지나면 저는 사라지고, 여러분은 저와의 대화를 그저 한 편의 소설쯤으로 여기게 될 테니까요!"

품안에서 소설 묶음 하나를 꺼내 테이블 위에 올렸다.

'사라진 소설가'

바를 나서며 뒤를 돌아봤다. 그들은 이제 마법에서 풀린 사람처럼 몸을 움찔거리기 시작했다. 누군가 테이블 위에 놓인 소설 묶음을 펼치고 있었다.

묘지에
지은 집

1

그 집은 마을에서 1킬로미터 떨어진 언덕 위에 있었다.

가문비나무가 늘어선 언덕을 오르면 느릅나무와 장미 넝쿨이 우거진 담 너머로 빨간 지붕이 보인다. 지어진 지 70년도 넘었다. 일제강점기 말에 돈 많은 일본인 지주가 지은 집이라는 말이 있다.

지을 당시에는 내부가 일본식 다다미방으로 꾸며졌다. 하지만 두 차례 개보수를 거치며 지금은 양옥 구조로 바뀌었다. 다만 그때나 지금이나 타오를 듯한 빨간 기와지붕은 여전했다.

"혹시 유령의 집 아니에요?"

정애가 남편을 보며 물었다.

"설마……. 유령의 집이라 이름 붙이기엔 너무 근사하잖아."

강도식은 빨간 기와지붕을 올려다봤다.

"그래도 당시엔 꽤 유명한 일본인 건축가가 지었다던데. 보라고, 고풍스러운 미가 느껴지잖아."

"세상에……!"

정애가 입을 벌리고 눈썹을 찌푸렸다.

"왜 그래?"

"저 기와지붕 밑에, 거미집이 엄청 많아요."

"거미집?"

도식도 눈을 크게 뜨고 지붕 밑을 살폈다. 한낮이지만 지붕 아래엔 새까만 그늘이 드리워져 있었다. 자세히 보니 정말로 거미집이 많았다. 지붕뿐만 아니라 외벽 곳곳에 거미줄이 빼곡했다.

"세상에, 저 거미들 좀 봐요. 징그러워라. 수백 마리는 되겠어요."

"어쩔 수 없지. 오랫동안 빈집이었으니."

"저것 보세요. 주먹만 한 거미들로 가득해요."

"청소업자를 부르면 돼."

도식은 줄을 타고 내려오는 거미 한 마리를 피해서 현관 앞에 섰다.

"전 여기 있을래요. 안은 더 엉망일 것 같아요."

정애는 잔디가 넓게 깔린 정원을 보며 말했다.

"그러든지."

도식은 열쇠로 문을 따고 들어갔다. 현관 앞은 곧장 거실과 이어졌다. 거실에는 소파와 가구가 하얀 천에 덮여 있었다. 사흘 전, 집주인과 왔을 때 본 모습 그대로였다.

"5년 전이었지 아마. 살던 사람들이 갑자기 이사를 가버렸소."

집주인이 했던 말이 떠올랐다. 그는 70대로 보이는 노신사였다.

"계약 기간이 아직 몇 달 남았는데 말도 없이 떠나버린 거지. 가구들도 그대로 두고 말이오. 그래서 전화로 물었더니, 갑자기 전근을 가게 됐다더군요. 가구들도 알아서 처분해달라고 그러더군요."

"아무리 그래도 그렇게 갑자기 떠난 데는 다른 이유가 있었을 것 같은데요."

"나도 모르겠소. 뭐, 궁금하지도 않고, 어차피 남의 가정사 문제 아니겠소? 아무튼 여기 가구들은 선생이 그대로 사용해도 됩니다."

노인은 별것 아니라는 투로 얘기했지만 도식은 조금 찜찜했다. 그렇지 않아도 들은 얘기가 있었다. 2층 단독 주택치고 전세금이 너무 저렴해서 근처 부동산 업자에게 슬며시 물어봤던 것이다.

"거긴 좋지 않은 소문이 도는 곳이죠."

머리가 벗겨진 부동산 사무소 소장은 빙글빙글 웃으며 말했다. 하지만 농담을 하는 것 같진 않았다.

"그 집은 처음 지을 때부터 터가 좋지 않았어요. 그 자리가 원래 공동묘지였거든요. 그래서 여러 괴소문이 많았죠."

"괴소문이라면 귀신 얘기를 말하는 겁니까?"

"그렇죠, 뭐. 한밤중에 벽 긁는 소리가 들린다거나, 아무도 없는데 저벅저벅 발소리가 들린다거나, 구석에서 누군가가 웅크리고 있었다거나…… 흔하다면 흔한 얘기지만, 그래도 또 막상 그곳에서 살려고 하면 신경 쓰이는 그런 얘기들이죠."

소장은 안경을 고쳐 쓰며 도식을 쳐다봤다. 이번에는 웃지 않고 말했다.

"저라면 그런 곳은 절대 소개하지 않을 겁니다. 흉흉한 소문이 돈다는 건 나쁜 기운이 머물고 있다는 거예요. 명확한 원인을 규정할 순 없지만 불상사가 일어날 확률이 높다는 뜻입니다. 미신 같은 얘기라고 할 수도 있지만, 그래도 저라면 그런 소문이 없는 곳에서 살겠습니다."

소장의 말도 옳았다. 하지만 도식은 귀신이나 초자연적인 현상을 믿지 않았다. 무엇보다 그런 소문이 없는 곳은 집세가 너무 비쌌다.

도식은 2층으로 오르는 계단 앞에 섰다. 계단 뒤쪽 컴컴한 구석에서 뭔가가 꿈틀거렸다. 흠칫 놀라며 눈을 부릅떴다.

거미였다. 그곳에도 거미집이 빽빽이 들어차 있었고, 그 가운데에 커다란 거미가 있었다. 주먹만 한 크기는 아니지만, 손가락 두 마디 정도는 될 것 같았다. 거미는 기다란 다리를 천천히 움직이며 낯선 방문자를 경계했다.

2층에는 복도를 따라 방 두 개가 있었다. 복도 끝에는 테라스와 통하는 작은 거실이 있었다. 그곳에도 하얀 천이 드리워져 있었다. 도식은 테라스로 나갔다. 테라스는 2층을 삼면으로 빙 둘러싸고 있었다. 테라스를 통해 2층에 있는 방으로 곧장 들어갈 수도 있는 구조였다. 넓기도 꽤 넓어서 이곳에 야외 식탁을 마련해도 좋을 것 같았다.

도식은 테라스에서 정원을 내려다봤다. 아내 정애의 모습이 보였다. 정애는 담을 따라 난 장미 넝쿨을 보고 있었다. 손을 흔들며 아내를 부르려 할 때였다. 도식의 눈에 이상한 광경이 들어왔다.

정원 안쪽에 별채처럼 생긴 건물이 하나 있었다. 집주인 말로는 잡다한 물건들을 쌓아놓은 창고라고 했다. 손을 봐서 차고로 사용하면 좋을 거라는 조언도 했다. 그 창고 앞에 낯선 남자가 서 있었다. 도식과 비슷하거나 네댓 살 많아 보였다. 하얀 잠옷 차림이었다. 그는 가만히 서서 아내를 뚫어지게 보고 있었다.

'뭐야? 어디서 갑자기 나타난 거지?'

부랑자가 침입한 걸까? 아니면 빈 창고에 숨어 살던 노숙자일까? 기분 나쁜 느낌이 들었다. 도식은 돌아서서 복도를 달렸다. 계단을 내려와 거실을 가로질러 밖으로 나갔다.

"벌써 나왔어요? 나도 이제 들어가 보려 했는데."

아내가 천천히 다가오며 말했다. 도식은 창고 앞을 보았다. 낯선 남자는 보이지 않았다.

"혹시 이상한 남자 못 봤어?"

"이상한 남자라니요?"

"조금 전에 2층 테라스에서 보니 저쪽 창고 앞에 이상한 남자……."

"예?"

도식은 더 말하려다가 말고 입을 다물었다. 괜한 얘길 꺼내서 아내를 무섭게 만들고 싶지 않았다. 잘못 본 걸 수도 있다. 아니면 정말로 근처를 지나던 부랑자가 빈집이라 생각하고 들어와 본 것일 수도 있다. 어쨌거나 지금은 보이지 않으니, 몰래 도망쳤을 것이다.

"아무것도 아니야."

도식은 얼버무렸다.

"그것보다 청소업자를 불러야겠어. 당신 말대로 안에도 거미집이 엄청 많더라고."

아내는 고개를 흔들며 눈살을 찌푸렸다.

도식은 창고를 다시 살폈다. 창고 문은 닫혀 있었고, 주위엔 아무도 없었다. 시선을 돌려 빨간 기와지붕을 둘러보다 흠칫 놀랐다.

지붕에 여자가 서 있었다.

도식은 혹시 아내인가 싶어 손을 흔들었다.

"당신이야? 거긴 어떻게 올라갔어?"

여자는 지붕 위에 똑바로 서서 도식을 내려다보고 있었다. 얼굴이 길고 눈이 움푹 들어간, 낯선 여자였다.

"거, 거기 누구요?"

도식이 더듬거리며 소리쳤다.

"왜 그래?"

2층 테라스에서 아내가 나타나 눈을 둥그렇게 떴다.

"아니, 저기…… 지붕에……."

도식이 다시 올려다보니 지붕엔 아무도 없었다.

"무슨 일인데 그래?"

아내가 캐물었다.

"아냐, 아무것도. 그나저나 집주인한테 받은 명함이 어디 있더라."

도식은 딴청을 피우며 주머니를 뒤적거렸다. 바지 주머니에서 청소회사 명함이 나왔다.

'하늘 청소'

2

소녀는 화단 앞에 고인 물웅덩이를 찰박거리며 뛰어다녔다. 물이 정강이까지 튀는 줄도 모르고 신나게 밟는다.

"그러다 옷 버린다."

태성이 소리쳤지만, 소녀는 빙긋 웃기만 했다. 볕이 뜨거운 오후였다. 맨션 앞 주차장엔 아무도 없었다. 다들 더위를 피해 집안으로 숨은 듯했다. 고양이 한 마리만 자전거 거치대 앞을 어슬렁거렸다.

"아저씨 무지개 한 번 더 보여줘요."

호스를 감으려는데 소녀가 다가와 말했다.

"무지개는 그렇게 쉽게 또 볼 수 있는 게 아냐."

"아까 호스로 이렇게 물 뿌리니까 생겼잖아요."

일고여덟 살쯤 되어 보인다. 양쪽으로 묶은 머리 위로 보라색 머리핀이 반짝거린다.

"무지개를 만들려면 엄청난 기술이 필요하다고."

"한 번만 더 보여줘요."

"얼마나 힘든 줄 아니?"

"그 대신 비밀 이야기 하나 해드릴게요."

태성은 차 시동을 켰다. 그리고 호스를 작동해 물을 뿌렸다. 햇빛 사이로 옅은 무지개가 그려졌다.

"와아, 무지개다."

소녀의 눈동자가 기쁨으로 차올랐다. 물보라 속으로 들어가 무지개를 만지려 했다. 닿을 수 없는 그리움을 찾아 두 손이 허공을 더듬는다.

딩동.

"누구세요."

젊은 여자 목소리가 들렸다.

"총무님, 계단 청소 직원입니다. 청소비 받으러 왔습니다."

잠시 후 문이 열리고 하늘색 롱스커트를 입은 여자가 나왔다.

"여기요. 수고하셨어요."

여자는 피곤한 미소를 지으며 봉투를 건넸다.

"주차장 앞에 이끼진 거 다 제거했습니다."

태성이 말했다.

"달리 더 신경 써야 할 부분이 있으시면 언제든 말씀해주세요."

"아니에요. 아주 깨끗해요. 늘 꼼꼼하게 해주셔서 감사해요. 그럼."

여자는 고개를 살짝 숙이며 문을 닫으려 했다.

"저기 잠깐만요."

"예……?"

여자가 문틈 사이로 태성을 쳐다봤다.

"실은 드릴 말씀이……."

태성은 쭈뼛거리며 여자의 눈치를 살폈다. 여자가 경계하듯 어깨를 움츠렸다. 다들 그랬다. 청소가 아닌 다른 얘길 꺼내려 하면 표정이 굳었다. 상대를 의심하고, 잔뜩 움츠러들었다.

"저기 오해하지 말고 제 얘길 들어주세요. 아이 방 책상 두 번째 서랍 위쪽을 보세요. 그곳에 테이프로 붙여뒀답니다."

태성은 쉬지 않고 얘기했다.

"그날 아침에 엄마하고 싸워서 일부러 그랬답니다. 엄마가 가장 아끼는 반지를 그곳에 숨겨둔 거죠."

"……."

여자의 얼굴이 파랗게 질렸다. 예상했던 반응이었다.

"하지만 저녁 먹고 돌려줄 생각이었대요."

"당신 지금 무슨 말을……."

"아무튼 반지는 그곳에 있으니 걱정하지 마세요. 더는……
슬퍼하지 마세요. 그렇게 전해달라고 했습니다."

태성은 말을 마친 후 고개를 숙였다. 그리고 여자가 뭐라 말
하기 전에 돌아서서 계단을 내려갔다.

소녀는 맨션 뒤쪽 놀이터에 있었다. 녹슨 그네가 삐걱거리며
흔들렸다.

"꼬마야, 네 말대로 전해줬어."

"엄마가 가장 아끼는 거였어요. 외할머니에게 받은 거라."

소녀가 태성을 올려다봤다.

"반지를 찾았으니 엄만 이제 슬퍼하지 않겠죠?"

"……."

"밤마다 울지도 않겠죠?"

"글쎄다."

"왜요?"

"내 생각에 네 엄마는 반지를 잃어버려서 슬퍼한 건 아닌 것

같은데."

삐걱거리던 그네 소리가 멈췄다. 차가운 정적이 찾아왔다.

태성은 그네를 내려다봤다. 소녀가 희멀건 얼굴로 태성을 쳐다보고 있었다. 그 얼굴이 일그러지고, 피투성이로 변했다. 자동차 경적과 시끄러운 브레이크 소리가 귀를 때렸다. 태성은 눈을 감았다 떴다.

그네에는 아무도 없었다. 놀이터와 주차장을 돌아봤지만 소녀는 어디에도 보이지 않았다. 유월의 햇살만 비스듬히 내려앉았다. 태성은 소녀가 앉았던 그네에 앉으며 한숨을 내쉬었다.

어릴 때부터 귀신이 보였다. 이러한 능력은 외할아버지에게서 물려받았다. 아이 때는 무섭고 혼란스러웠지만 어른이 되면서 차차 그들의 얘기에 귀를 기울이고, 그들을 위로하는 법을 깨우쳤다.

지금은 청소 일을 하며 원한에 사무친 영혼을 정화하는 일도 함께한다. 이번 생에 짊어질 업이라 생각하고 눈에 보이는 먼지뿐만 아니라 눈에 보이지 않는 망령된 모든 것까지 깨끗이 청소하고자 마음먹었다.

"삐리릿, 삐리릿……."

휴대폰이 울렸다.

태성은 주머니에서 휴대폰을 꺼내며 일어섰다.

"예, 하늘 청소입니다. 예? 입주 청소요?"

태성이 낡은 트럭을 몰고 이층집 앞에 도착했을 때는 해가 서쪽으로 기운 뒤였다. 40대 초반으로 보이는 남자가 태성에게 다가왔다.

"하늘 청소에서 오신 분입니까?"

"강도식 씨?"

"예. 반갑습니다. 이 집입니다."

도식이 대문 너머로 우뚝 솟은 빨간 기와지붕을 올려다보며 말했다.

"모레 이사 올 예정이거든요. 그래서 좀 급하게 의뢰를 드린 겁니다."

도식은 대문을 열었다.

"들어오셔서 쭉 둘러보세요."

정원이 꽤 넓었다.

"저긴 별채입니까?"

태성이 정원 안쪽 단층 건물을 가리키며 물었다.

"아, 아뇨. 거긴 창고입니다."

태성은 창고 앞으로 몇 걸음 다가가다 흠칫 놀랐다.

"왜 그러세요?"

도식이 물었다.

"아닙니다. 우선 집안부터 한번 볼까요?"

"예, 그러시죠."

도식은 현관으로 가서 문을 열었다.

"5년 동안 사람이 살지 않아서 먼지가 많아요. 특히 거미줄이 엄청 많더군요. 아내가 거미라면 질색을 해서…… 특히 거미줄 제거에 신경을 써주세요."

도식이 앞장서서 걸으며 말했다. 태성이 조심스럽게 뒤를 따랐다. 그러다 뭔가 뜨거운 것에 덴 사람처럼 화들짝 놀랐다. 도식이 뒤를 돌아봤다.

"왜요? 무슨 문제라도 있습니까?"

"아니요. 그런 게 아니라……."

태성은 잠시 호흡을 고르며 곁눈질로 집안을 살폈다.

"죄송한데, 저 혼자 집안을 좀 둘러보고 싶은데요."

"예? 혼자서요?"

도식은 멀뚱히 서서 태성을 바라보았다.

"알겠습니다. 그럼 저는 나가 있을 테니, 천천히 둘러보세요."

도식은 이마를 긁으며 현관 밖으로 나갔다. 혼자가 된 태성은 마스크를 꺼내 썼다. 공기가 무척 탁했다. 단순히 먼지 때문

에 그런 게 아니었다. 이 집에는 뭔가 다른 기운이 떠다녔다.

그뿐이 아니었다. 창고 앞에서도 그랬지만, 집안 곳곳에 기이한 오물들로 가득했다. 눈에 보이는 먼지나 쓰레기를 말하는 게 아니다.

그것들은 보통 사람의 눈에는 보이지 않는다. 하지만 그곳에 분명 존재하고 있다. 분노, 살의, 증오, 원망 같은 감정의 응어리들이 밖으로 나가지 못하고 고이고 고여 오물의 형태로 쌓여 있다. 쉽게 말해 귀기(鬼氣)가 형상화된 것이다.

태성은 그것들을 '이물(異物)'이라 불렀다. 이 집은 보이지 않는 이물로 뒤덮여 있다.

"어떻습니까? 역시 오래된 집이라 청소할 것도 많죠?"

정원으로 나오니 도식이 다가와 물었다. 태성은 말없이 마스크를 벗고 집 주위를 둘러봤다.

"저 창고는 어떻게 할까요?"

태성이 불쑥 손을 들어 정원 한쪽을 가리켰다. 도식은 턱밑을 매만지며 돌아봤다. 아직 결정이 서지 않았다. 굳이 저런 커다란 창고는 필요 없었다. 주인 할아버지 말처럼 차고로 사용하면 좋을 것 같기는 했다.

"우선 안에 있는 못 쓰는 짐이나 쓰레기들을 다 처분해주실 수 있어요?"

도식이 물었다.

"그렇게만 하면 됩니까?"

"예. 어차피 저 안에 뭐가 들었건 별로 사용하고 싶지 않으니 다 들어내주세요."

"알겠습니다."

"청소는 지금 하실 겁니까?"

"우선 외벽 청소부터 시작하겠습니다."

태성은 대문 밖으로 나가 트럭 뒷문을 열었다. 기다란 호스를 풀어서 어깨에 감았다. 정원을 가로질러 호스를 풀며 집 앞에 섰다. 호스 분사기 밸브를 열고 손잡이를 눌렀다. 물이 뿜어졌다. 외벽 먼지를 씻어낸 물이 사방으로 튀었다.

지켜보던 도식이 멀찍이 물러섰다. 귓가엔 쏴아, 하고 뿜어지는 물소리만 들렸다. 어쩐지 마음까지 시원해지는 기분이었다.

외벽 청소가 끝나자 태성은 차에서 분진 제거기를 꺼냈다. 2층부터 바닥 먼지를 제거했다. 방 구석구석에 나뒹구는 '이물'들도 모두 흡수했다. 묘하게도 이물들은 눈에 보이진 않지만 쓸면 쓸렸다. 청소기는 물론이고, 빗자루로도 쓸 수 있었다.

이물은 귀기가 형상화된 것이라 위험하다. 그냥 두면 사고로 이어질 수도 있다. 귀기 서린 집에서는 아무것도 없는데 뭔가

에 걸려 넘어진다거나, 손에 이상한 것이 잡히는 느낌이 드는데 그것은 모두 이 이물 때문이다.

태성은 분진 제거기로 이물을 모두 빨아들였다. 그런다고 이물이 완전히 사라지는 것은 아니다. 이물은 귀기가 서려 있는 한 계속 생긴다. 그리고 스스로 증식한다. 그러므로 귀기를 내뿜는 존재를 찾아내는 게 먼저다.

집 청소를 마치고 나오니 강도식은 정원 그늘에 앉아 담배를 피우다 일어섰다. 해가 넘어간 하늘은 동쪽부터 어두워지고 있었다.

"끝났습니까?"

"집 청소는 마쳤습니다."

"많이 더럽던가요?"

"말씀하신 대로 거미줄 제거를 중점적으로 하면서 바닥, 창틀, 난간에 낀 먼지도 함께 제거했습니다."

"아, 수고하셨습니다."

"하지만 거미는 그렇게 쉽게 사라지지 않습니다. 2층 테라스를 돌며 기와지붕 아래 자리 잡은 거미집을 모두 제거하고 해충 제거제를 뿌려뒀으니 당분간은 나타나지 않을 겁니다. 하지만 시간이 지나면 또 나타날 겁니다."

"그렇게 끈질긴가요?"

"거미 입장에서는 하루아침에 집터를 잃게 생겼으니 끈질길 수밖에요. 거미를 완전히 몰아내고 싶으면 거미가 나올 만한 곳에 해충 제거제를 계속 뿌리든가, 벌레 퇴치 전문 회사에 따로 의뢰하는 수밖에 없습니다."

강도식은 기와지붕을 올려다보며 한숨을 내쉬었다. 말만 들어도 질린다는 얼굴이었다.

"아무튼 잘 알겠습니다. 이제 다 끝내신 거죠?"

"아직 저곳이 남았습니다."

태성이 손가락으로 정원 구석을 가리키며 걸어갔다. 창고였다.

"안에 든 못 쓰는 물건을 밖으로 다 내놓고, 물청소를 한 번 하겠습니다."

태성이 창고 앞에 서서 말했다.

"그, 그렇게 해주세요."

태성은 창고 문을 두 손으로 당겼다. 나무로 된 문이 앓는 소리를 내며 열렸다. 시커먼 어둠이 모습을 드러냈다.

"제가 좀 도와드릴까요?"

강도식이 멀찍이 서서 물었다.

"아니요. 먼지가 많이 날 테니 선생님께선 떨어져 계세요."

태성이 그렇게 말하자 강도식은 현관 앞으로 가서 앉았다.

태성은 창고 안으로 들어갔다. 창고 안은 다섯 평 남짓한 공간이었다. 컨테이너처럼 옆으로 길쭉했다. 입구에는 발 디딜 공간이 있었다. 하지만 안쪽으로 갈수록 물건들로 꽉 들어차 있었다.

태성은 찬찬히 주변을 둘러봤다. 입구에는 찬장과 선반이 있었다. 전에 살던 사람들이 아무렇게나 버리고 간 물건 같았다. 낡은 신발, 공구, 놋그릇도 엉망으로 쌓여 있다. 안쪽 벽에는 후리소데, 하오리 같은 일본 전통 의상 몇 개가 걸려 있었다. 녹슨 농기구도 보였다.

안쪽으로 더 들어가니 종이 상자가 많이 쌓여 있었다. 안을 열어보니 모두 일본어로 된 책들이었다. 어떤 상자에는 오래된 장난감, 인형들이 가득 담겨 있었다.

태성은 상자의 산을 넘어 안으로 더 들어갔다. 곰팡이가 핀 이불, 낡은 궤짝, 침대 매트리스, 부러진 책상, 용도를 알 수 없는 나무 널빤지와 철근들이 아무렇게나 내던져져 있었다. 틈새마다 굵직한 거미줄이 그물처럼 뒤덮여 있었다. 고물과 먼지로 이뤄진 정글 같았다.

그 정글을 헤치고 안쪽 끝까지 들어가니, 벽에 비스듬히 세워놓은 병풍이 보였다. 병풍 밑에는 유리 조각, 흙먼지, 솜이 삐져나온 곰 인형 하나가 있었다.

태성은 무심코 곰 인형을 주웠다. 병풍 뒤에서 피 묻은 하얀 손이 불쑥 나왔다. 손은 길게 뻗어 나와 태성의 손목을 탁 쳤다. 태성은 곰 인형을 떨어뜨리며 몸을 뒤로 뺐다. 피 묻은 하얀 손이 바닥을 더듬거렸다. 그러더니 곰 인형을 꼭 쥐고 병풍 너머로 사라졌다.

공기가 서늘해졌다. 여인의 흐느끼는 소리가 이명처럼 메아리쳤다.

"아사코가…… 우리 아사코가…… 가장 아끼던 건데……. 아사코…… 너만은 무사해야 할 텐데……."

소리가 그치길 기다렸다가 태성은 병풍 앞으로 나왔다. 고개를 내밀어 병풍 뒤를 보았다.

병풍 뒤 구석에 피투성이가 된 시체 두 구가 눈을 부릅뜬 채 태성을 쏘아봤다. 태성이 아득한 눈길로 그들을 보고 있노라니, 두 영혼은 곧 안개처럼 사라졌다.

3

"이런 말씀드려도 될지 모르겠는데……."

창고 청소를 마친 후 태성은 강도식에게 명함 한 장을 건넸다. 명함에는 사무실 주소와 약도가 그려져 있었다.

"오해하지 말고 들어주세요. 제가 청소일 말고 다른 일도 함께하고 있습니다."

"다른 일요?"

"뭐, 크게 보면 그것도 청소의 범주에 속한다고 볼 수 있죠."

태성은 주변을 힐끔거리며 강도식에게 속삭이듯 말했다.

"혹시 이 집에서 이상한 것을 보지 못했습니까?"

"이상한 것이라면……?"

태성은 고개를 숙이고 한숨을 푹 내쉬더니 다시 강도식을 똑바로 바라보았다.

"유령 말입니다."

강도식은 흠칫 놀랐다. 뒷목이 서늘했다.

"유령이나 그것과 비슷한 어떤 것을 보지 못했습니까?"

"갑자기 무슨 말씀을 하시는 겁니까?"

"아직 못 보셨나 보군요. 하기는 일반인들이 쉽게 볼 수 있는 건 아니죠. 뭐, 사람에 따라 그것을 볼 수 있는 체질도 있지만, 어쨌든 서로 기(氣)가 맞아야 볼 수 있죠."

"……."

"그런데 그 기라는 건 무척 민감하고 또 복잡합니다. 사람과 유령 간의 온도 차이, 공간과 시간의 온도 차이에 따라 볼 수도 있고, 못 볼 수도 있거든요. 한 번 봤다고 계속 볼 수 있는 것도 아니고, 안 보이다가도 느닷없이 보일 수 있습니다."

"그게 다 무슨 소립니까? 어째서 그런 얘길 하는 겁니까?"

태성은 씩 웃었다.

"말씀드린 그대롭니다. 다른 뜻은 없습니다. 그러니까, 뭔가 이상한 게 보여 불편이 생기면 제게 연락 달라는 겁니다."

태성은 창고 앞에 수북이 쌓인 물건을 돌아봤다.

"저 물건들은 내일 오전 중으로 차가 와서 모두 실어갈 겁니다. 제가 아는 고물상에 연락해 놓았거든요. 혹시 필요한 게 있으면 미리 몇 개 챙겨두세요."

"아니요. 저런 오래된 물건은 별로 탐나지 않네요. 다 가져가라고 그러세요."

"알겠습니다. 그럼 이 피 묻은 병풍하고, 옆구리 터진 곰 인형만 제가 가져가겠습니다."

태성이 옆에 놓아둔 병풍과 곰 인형을 슬쩍 보여줬다. 강도식은 질겁하며 물러섰다.

"마, 마음대로 하세요."

"그럼 전 이만."

그날 밤 태성은 알고 지내는 스님이 기거하는 절 뒷마당에서 피 묻은 병풍과 이물들을 함께 태웠다. 드럼통에 붙인 불은 이물들을 흔적도 없이 태웠다. 하지만 병풍은 조금 달랐다. 불타는 내내 기이한 신음이 들렸다.

으으…… 으흐흑…….

태성은 타오르는 불길을 한참 들여다봤다. 불길 속에서 어떤 영상 하나가 흐릿하게 그려졌다.

그곳은 창고였다. 기모노를 입은 여인과 하얀 옷을 입은 남자가 병풍 뒤에 숨어서 떨고 있었다. 여자는 구석에 떨어진 곰인형을 주웠다.

"어머, 이게 여기 있었군요. 우리 아사코가 가장 아끼던 건데."

"뭔데?"

"아사코가 어릴 때 무척 좋아했던 인형이잖아요?"

"아아, 그렇군. 그 인형만 주면 울다가도 그쳤지."

남자가 고개를 끄덕였다.

"아사코는 무사하겠죠?"

"괜찮을 거야. 그 벽장은 붙박이장 뒤에 숨겨져 있어서 아무도 모를 거야."

"무서워요."

여자는 남자의 어깨에 기댔다.

"일본이 패망할 줄은 몰랐어요."

"잘된 거야. 이제 우리도 다시 조선인으로 돌아갈 수 있잖아. 아사코 때문에 그놈들 비위 맞추며 사느라 힘들었잖아."

"그런데 왜 마을 사람들이 지주들을 다 죽이고 다니는 걸까요?"

"글쎄…… 쌓였던 울분을 푸느라 그러는 거겠지. 우린 일본인 지주가 아니니 괜찮을 거야."

"듣기로는 일본인 조선인 가리지 않고 땅 가진 사람들은 모조리 죽이고 다닌대요."

"우린 농민들에게 잘해줬잖아? 흉년 때는 우리 쌀을 공짜로 내주기도 했는데, 설마 우리에게 해코지하겠어?"

"그래도 그 사람들, 뒤에서 우리를 흉봤어요. 창씨개명까지 하며 일본인에게 붙었다고."

"젠장, 우리라고 무슨 힘이 있었겠어? 살아남으려면 그 수밖에 없었잖아."

그때였다. 창고 문이 부서질 듯 열렸다.

"이 쪽바리들! 어디 숨어 있어?"

화난 목소리가 들렸다. 손에 횃불을 든 사내가 창고 안쪽을 가리켰다.

"저기다! 저기 안쪽에 숨어 있다. 내 이럴 줄 알았어. 재물이

아까워서 집을 버리고 도망칠 놈들이 아니지."

사내는 앞장서서 병풍 쪽으로 갔다. 그 뒤로 몽둥이와 칼을 든 무리가 우르르 몰려왔다.

"이보시오, 내 말을 좀 들어보시오."

마침내 하얀 옷의 남자가 벌떡 일어나 소리쳤다.

"우린 여러분들에게 잘해드렸지 않습니까? 어째서 이러시는 겁니까? 식량이 필요하시면 말씀하세요. 나눠드리겠습니다."

남자가 간절히 부탁했다. 그러나 횃불을 든 사내는 이글거리는 눈길로 남자를 내려다봤다.

"이 쪽바리 새끼가 이제 와서 목숨을 구걸해?"

"난…… 조선 사람이요. 댁들과 같은 조선인이란 말이오."

"이제 와서 조선인? 박쥐 같은 새끼! 앞잡이나 하던 놈이 말이 많군!"

사내는 발로 남자의 배를 찼다. 남자는 배를 움켜잡고 쓰러졌다. 그것을 신호로 몽둥이와 칼이 날아들었다. 피보라가 일었다.

태성은 눈을 감았다가 떴다. 드럼통 위로 치솟는 불길을 보며 태성은 씁쓸히 고개를 저었다. 병풍은 시커멓게 재가 되어 하늘로 흩날렸다.

이사는 순조롭게 끝났다. 오전 아홉 시부터 시작해서 오후 두 시쯤에 큰 짐 정리는 끝났다. 포장이사 직원들이 모두 돌아가고, 강도식은 혼자서 세세한 정리를 시작했다.

이전까지 원룸에서 세 식구가 살았다. 그래서 짐이 많지 않았다. 이렇게 큰 집에서 살게 될 줄은 상상도 하지 못했다. 처음엔 열두 평짜리 빌라를 생각했다. 그런데 그 빌라의 전세금보다 훨씬 싸게 이 저택을 얻었다. 운이 좋았다고 생각했다.

'그나저나 그 사람이 했던 말은 뭘까?'

도식은 집을 청소했던 청소부를 떠올렸다. 어딘지 수상해 보였다. 유령이 어쩌니 하는 얘길 했다. 하지만 도식은 그런 얘긴 믿지 않았다. 청소는 마음에 들게 잘해줬다. 그 많던 거미집이 하나도 보이지 않았다. 부옇게 먼지가 끼어 있던 외벽도 깔끔해졌다.

'이상한 것을 보게 되면 연락 달라고?'

도식은 책꽂이에 책을 꽂다 말고 피식 웃었다.

'그럼 자기가 퇴마사라는 건가?'

불현듯 그의 머릿속에 어떤 영상이 불쑥 비집고 들었다.

창고 앞에서 봤던 정체 모를 남자. 그리고 지붕에서 사라진 여자.

'이상한 것'이라면 그런 것을 말하는 것일까?

도식은 짐 정리를 마치고 밖으로 나왔다. 벌써 날이 어두웠다. 아내는 아들을 데리고 친정집에 갔다. 있어 봤자 먼지나 마실 것 같아 그렇게 하라고 도식이 먼저 말했다. 혼자 마시면 될 먼지를 세 사람이 마실 필요는 없었다.

도식은 창고 앞으로 걸음을 옮겼다. 텅 빈 창고에는 커다란 자물쇠를 달아 닫아놓았다. 아직 어떤 용도로 쓸지는 결정하지 못했다. 역시 손을 좀 봐서 차고로 사용하는 게 가장 나을 듯했다.

덜커덩.

돌아서서 발걸음을 떼려 할 때였다. 등 뒤에서 무슨 소리가 들렸다. 도식은 재빨리 뒤를 돌아봤다. 식은땀이 목을 타고 흘렀다. 뱃속에서부터 서늘한 공포가 밀려왔다. 그런 마음을 들키기 싫어서 일부러 큰소리를 쳤다.

"누구야?"

나무로 된 창고 문은 굳게 닫힌 그대로였다. 자물쇠도 한가운데에 잘 붙어 있었다. 도식은 창고 앞으로 한 걸음 다가섰다. 그때, 창고 뒤에서 뭔가가 잽싸게 움직였다.

"으힉!"

기이한 비명을 내지르며 도식은 뒤로 물러섰다. 얼룩 고양이 한 마리가 화단 잡초 속에서 풀쩍 뛰어나왔다.

"뭐야, 고양이였어?"

바싹 얼었던 몸이 풀렸다. 도식은 이마의 땀을 닦았다. 고양이는 나무를 타고 담 위로 올라갔다.

"거기서 뭐 해요?"

아내의 목소리가 들렸다. 돌아보니 아내와 아들이 대문 앞에서 있었다.

"아냐, 아무것도. 승우야, 외할머니 댁에서 재미있게 놀았어?"

도식은 열세 살 난 아들에게 다가가 머리를 쓰다듬었다. 승우는 빙긋 웃기만 할 뿐 아무 말도 하지 않았다. 워낙에 말이 없는 아이였다. 성격이 내성적이기도 했지만, 몸이 허약한 탓도 있었다.

승우는 태어나면서부터 심장이 약했다. 조금만 달려도 숨 쉬기 힘들어했다. 거품을 물고 쓰러진 적도 있었다. 의사 말로는 좋은 공기를 마시며 편안하게 지내다 보면 차츰 나아질 수도 있다고 했다.

도식은 아들에게 맑은 공기를 실컷 마시게 해주고 싶었다. 부동산 사무실 소장이 꺼림칙한 말을 했음에도 이 저택을 선택한 데에는 그런 이유도 있었다. 언덕에 자리한 이 저택만큼 아들에게 좋은 환경도 없을 것이다.

"짐 정리는 끝났어요?"

아내가 물었다.

"응, 대충."

"미안해요, 같이 도왔어야 하는 건데······."

"아니야. 할 것도 없었다니까. 큰 거는 포장 이사 직원들이 다했고, 난 자잘한 것들만 옮겼어."

"와, 그래도 이렇게 밤에 보니 꽤 멋있네요."

정말로 그랬다. 정원에서 올려다본 저택 풍경은 꽤 근사했다. 창문마다 스민 노란 불빛이 파스텔로 칠한 그림처럼 아름다웠다.

"자, 그럼 같이 들어가 볼까?"

도식이 아내와 아들의 손을 잡고 현관으로 들어섰다. 즐겁고 평화로운 기분이었지만, 마음 깊은 곳에선 저릿한 두려움이 꺼지지 않은 불씨처럼 남아 타올랐다. 애써 잊으려 해도 잊히지 않았다.

그건 고양이가 낸 소리가 아니었다.

아까 그 소리······!

그 소리는 분명 창고 문을 두드리는 소리였다.

창고 안에서, 누군가가······!

4

새집에서 첫날밤은 길었다.

승우는 저녁 늦게까지 인터넷에서 무서운 이야기를 찾아 읽었다. 열 시가 훨씬 넘어서야 '괴담, 미스터리 대백과'라는 두꺼운 책을 옆구리에 끼고 침대로 갔다. 그 책은 시내의 큰 서점까지 가서 산, 따끈따끈한 최신작이었다.

조심스레 펼쳐보니 첫 장부터 무시무시한 그림과 얘깃거리들이 쏟아졌다. 승우는 눈을 찌푸렸다. 승우는 겁이 많았다. 무서운 것은 질색이었다. 그런데도 무서운 이야기를 읽는 데에는 그럴 만한 이유가 있었다.

지금 승우의 학교에선 괴담, 무서운 이야기 열풍이 한창이었다. 특히 남자애들 사이에서 더 무서운 이야기, 더 기괴한 이야기를 많이 알수록 인기인이 됐다.

승우 반에 '호러킹'이라 불리는 왕호라는 남자애가 최고 인기인이다. 왕호는 뿔테안경을 쓴 뚱뚱한 녀석이었다. 그런데도 그 애가 새로운 괴담을 알아왔다고 하면 남자애들은 물론 여학생들까지도 쪼르르 달려가 원을 그렸다.

승우는 왕호가 부러웠다. 학교에서 늘 겉도는 자신도 한 번쯤은 아이들의 주목을 받고 싶었다. 원의 중심에 서보고 싶었

다. 그러려면 뭔가 새롭고 오싹한 얘깃거리가 필요했다.

자유로 귀신, 세 번 보면 죽는 그림, 입 찢어진 여자, 팔 척 귀신 등의 도시 괴담 시리즈는 이제 한물갔다. 요즘은 분신사바, 구석놀이, 나 홀로 숨바꼭질, 여우 창문처럼 귀신을 불러내는 강령술 이야기가 화제였다.

승우는 '괴담, 미스터리 대백과'를 넘기다 '블러드 메리'와 '살아있는 인형놀이' 두 대목에 관심이 쏠렸다. 둘 모두 강령 의식, 즉 귀신을 부르는 주문에 관한 이야기였다. 둘 다 아직 들어보지 못한 것들이라 잘하면 왕호의 코를 눌러줄 수도 있겠다 싶었다.

정말로 영웅이 되려면 둘 중 하나를 직접 체험해봐야 한다. 왕호 녀석도 분신사바와 나 홀로 숨바꼭질을 직접 해봤다며 으스댄 적이 있었다. 정말인지 어떤지는 모르지만, 그때 왕호가 들려준 체험담은 무척 생생했다. 듣는 것만으로도 몸에 소름이 돋았다.

'블러드 메리를 해볼까?'

처음엔 그렇게 생각했다. 하지만 승우는 이내 고개를 저었다. 블러드 메리는 밤 열두 시에 화장실 거울을 보고 '블러드 메리'를 세 번 외치면 메리 귀신이 나타난다는 이야기다. 하지만 책에는 빨간 별표와 함께 '절대 주의'라고 적혀 있었다. 가장 위험한 강령 의식 중 하나이니, 절대로 따라하지 말라고 경고했다.

책에 적힌 바에 따르면 메리 귀신이 너무 무서운 얼굴을 하고 있어서 보는 즉시 심장마비로 죽는다고 했다. 또 처음 세 번을 외칠 땐 나타나지 않다가 나중에 느닷없이 나타나 얼굴 가죽을 벗기거나 눈알을 뽑아버린다고도 했다.

승우는 고개를 저었다. 블러드 메리는 도저히 엄두가 나지 않았다. 그래서 선택한 것이 '살아있는 인형놀이'였다.

살아있는 인형놀이도 위험한 의식이니 절대로 따라하지 말라고 빨간 별표가 붙어 있었다. 실제로 귀신을 불러낼 확률이 분신사바나 나 홀로 숨바꼭질보다 훨씬 높다고 적혀 있었다.

인기인이 되려면 그런 위험쯤은 감수해야만 했다. 승우는 책을 덮고 침대에서 일어나 벽시계를 봤다. 밤 열한 시 오십 분. 심장이 터질 듯이 두근거렸다. 준비물은 간단했다. 거울 두 개, 인형 두 개, 촛불과 소금 조금이면 끝이다.

승우는 준비물을 챙겨서 2층 복도에 앉았다. 불 꺼진 2층 복도는 동굴처럼 어둡고 고요했다. 1층 부모님 방엔 벌써 불이 꺼지고 두 분 모두 깊이 잠들었을 테다. 크고 컴컴한 집에 혼자 깨어 있다고 생각하니 끝을 알 수 없는 공포와 한기가 밀려왔다.

이 집은 묘지 위에 지어졌다.

승우의 머릿속에 문득 그 말이 떠올랐다. 낮에 엄마와 아버지가 나누는 대화를 엿들었다. 처음 이 집을 지을 때 이곳은 공동묘지였다. 그 위에다 집을 지은 것이다. 밤이면 귀신들이 스멀스멀 올라오는 땅 위에다.

이것만 해도 좋은 얘깃거리가 될 것 같았다. 아이들이 충분히 원을 그리며 몰려들 것 같았다. 이사 온 새집에 얽힌 무시무시한 스토리.

하지만 왕호라면 콧방귀를 뀌며 원을 흐트러뜨릴 게 틀림없었다. 그깟 낡은 집 얘기가 뭐가 그리 대단하냐며 비웃을 것이다.

승우는 발밑에 늘어놓은 거울, 인형, 양초 따위를 내려다봤다. 역시 낡은 집 이야기만으로는 부족했다.

너희들 혹시 들어봤어? 살아있는 인형놀이라고. 난 말이야, 어제 해봤어. 이사 온 첫날밤, 묘지 위에 지은 집에서 귀신 부르는 의식을 직접 해봤다고.

이 정도는 되어야 왕호도 찍 소리 하지 못할 테다.

휴대폰으로 시간을 확인했다. 열두 시 오 분 전이었다.

승우는 마음을 다잡고 탁상 거울 두 개를 마주보게 놓았다. 그 가운데에 양초를 놓고, 그 옆에 인형을 놓았다. 머리카락이 길고 눈을 동그랗게 뜬 여자 인형이었다. 할로윈 때 산 마녀인형 세트 중 하나인데, 그나마 가장 덜 무서운 인형을 고른 것이다.

마지막으로 성냥을 그어 초에 불을 붙였다. 준비는 끝났다. 이제 열두 시가 되길 기다려야 한다. 휴대폰으로 시간을 보니 일 분 전이었다.

승우는 숨을 크게 내쉬며 '괴담, 미스터리 대백과'를 펼쳤다. 그곳엔 의식에 필요한 주문이 적혀 있었다. 승우는 초조하게 휴대폰을 확인했다. 정각 열두 시가 됐다.

승우는 책에 적힌 대로 주문을 외웠다.

"새로운 몸을 드릴 테니 부디 사용해주세요."

그렇게 다섯 번을 말했다. 그리고…… 다음 주문을 외웠다.

"같이 놉시다."

그렇게 다섯 번을 또 말했다.

히이이잉…….

멀리서 귀신의 곡소리 같은 바람소리가 들렸다. 복도 바닥을 훑고 찬바람이 밀려와 촛불을 흔들었다. 촛불은 꺼질 듯 말 듯 몸부림을 치다 잠잠해졌다.

복도에 깊은 정적이 찾아왔다. 잠시 후 무슨 소리가 들렸다.

틱!

승우는 흠칫 놀라며 귀를 기울였다.

틱!

마치 먼 곳에서 찾아온 악마가 이 집에 들어오고 싶어 창문을 두드리는 소리 같았다. 아니, 그것보다 더 내밀한 소리처럼 들렸다. 가까이 있는 누군가가 손가락 관절을 톡, 하고 꺾는 소리 같았다. 마치 이제부터 움직일 준비를 하려는 것처럼.

승우는 떨리는 목소리를 겨우 내뱉으며 마지막 주문을 외웠다.

"인형님…… 나를 찾으면…… 생명을 드리겠습니다."

그렇게 다섯 번을 속삭였다. 이것으로 모든 주문을 마쳤다.

'해버렸어!'

승우는 속으로 그렇게 되뇌렸다. 어쨌든 이제 되돌릴 수 없다.

승우는 복도 끝에 있는 자기 방으로 뒷걸음질 쳐서 갔다. 방으로 들어가 문틈 사이로 복도를 엿봤다. 마주보는 두 개의 거울 사이에 가만히 놓인 인형의 뒷모습이 보였다. 금방이라도 인형이 고개를 홱 돌릴 것 같았다.

방문을 꼭 닫았다. 그리고 방의 불을 껐다. 승우는 손에 든 소금봉지를 부적처럼 꼭 쥐었다. 문에 등을 기대고 앉아 온 신경을 복도 쪽으로 곤두세웠다.

10분쯤 지났을 때였다. 복도에서 무슨 소리가 들렸다. 처음엔 누군가가 방 쪽으로 다가오는 발소리인 줄 알았다. 하지만 자세히 들어보니 그것과는 조금 다른 소리였다.

그윽…… 그그극…….

이상한 소리였다.

그그극…… 그극…….

승우는 입술을 깨물었다. 1층 부모님 방으로 달려가 엄마를 흔들어 깨우고 싶었다. 머릿속에선 책 속 글귀가 사이렌 소리처럼 앵앵거렸다.

'무섭다고 도중에 문 열고 나가지 말 것!'

'밖으로 달아나면, 인형이 끝까지 쫓아감!'

'인형이 자신을 찾아내더라도 절대로 소리 내선 안 됨!'

'심약자는 절대로 하지 말 것! 죽을 수도 있음!'

승우는 침을 꿀꺽 삼켰다. 이마의 땀이 눈을 찔렀다. 눈앞이 가물가물했다. 방 안의 물건들이 허물어져 어둠과 한 덩어리로 뭉쳐지는 것 같았다.

이제 그윽, 극, 하던 이상한 소리는 들리지 않았다. 대신 다른 소리가 들렸다.

마치 창밖 저 너머 차가운 골목 어딘가에서 길 잃은 아이가 내뱉는 칭얼거림 같았다. 처음엔 알아들을 수 없는 칭얼거림이었는데 그것이 차차 또렷한 소리를 자아냈다.

"……다."

조그맣게 내뱉는 소리였다.

"……있다."

소리는 이제 창밖 어딘가가 아닌 복도 저쪽에서 들렸다.

"……기 있다."

승우는 소금 뭉치를 움켜쥐며 꼭 닫힌 문고리를 확인했다. 잠시 후 소리가 바로 문 뒤에서 들렸다.

"……여기 있다."

가느다란 여자 아이의 목소리 같았다. 어쩌면 주름투성이의 마녀가 꾸며낸 목소리일 수도 있다.

하지만 '여기 있다'라는 건 대체 무엇을 뜻하는 것일까? 어째서 계속 저 말만 하는 것일까?

승우는 오들오들 떨면서도 그것이 궁금해서 견딜 수 없었다. 그러는 와중에도 소리는 계속 들렸다.

"여기 있다."

이제 소리는 문에 들러붙어 승우의 귀에 속삭이는 듯했다.

승우는 움찔 떨며 일어섰다. 문고리가 천천히 돌아가는 게 보였다.

승우는 황급히 손을 뻗어 문고리를 붙들었다. 손에 땀이 차서 미끈거렸다.

얼마나 문고리와 씨름하고 있었을까? 문득 정신을 차려보니 문 밖에선 아무 소리도 들리지 않았다. 환청이었을까?

승우는 이쯤에서 의식을 끝내고 싶었다. 이 의식은 위험하다고 느껴지면 그 즉시 끝낼 수 있었다. 끝내는 방법은 간단했다. 촛불 앞으로 가서 '당신이 졌습니다. 끝'을 다섯 번 외치고 불을 끄면 된다. 그런 다음 미리 준비한 다른 인형과 자신의 몸에 소금을 뿌리면 나쁜 기운이 사라진다.

다만 한 가지……. 주의사항에는 마지막 한 가지가 덧붙여져 있었다.

'의식을 끝내기 전에 인형에게 들키면 안 됨!'

인형에게 들키면 안 된다는 건 무슨 말일까? 인형이 처음 장소가 아닌, 다른 곳에 숨어서 의식을 끝내려고 나온 사람에게 와락 달려든다는 말일까?

그런 일이 정말로 있을 수 있을까?

승우는 머리를 세차게 흔들었다. 인형은 플라스틱이다. 무생물이다. 움직일 수 없다. 심호흡을 길게 하고 문고리에 손을 올렸다. 천천히 문을 열었다.

복도 저쪽에 촛불에 반사되어 주홍빛으로 반짝이는 두 개의 거울이 보였다. 거울 사이에 인형의 뒷모습도 보였다. 역시 아무 일도 일어나지 않은 것이다.

당연한 결과라고 생각하며 승우는 한 걸음 한 걸음 꼭꼭 누르듯이 걸어갔다.

'너무 코흘리개 어린애처럼 벌벌 떨었어. 실제론 이렇게 아무것도 아닌 것을 바보처럼 상상만 커다랗게 부풀리고 있었던 거야.'

승우는 일부러 입꼬리를 올리며 웃는 척을 했다.

이제 마주보는 거울과의 거리는 3미터 앞.

인형의 뒷모습이 점점 더 가까워졌다.

'걱정하지 마. 인형이 돌아보는 일은 없을 거야.'

스스로를 그렇게 다독이며 승우는 촛불 앞에 쭈그리고 앉았다. 목이 꽉 잠긴 것 같았다.

억지로 입을 열고 마지막 주문을 외쳤다.

"당신이 졌습니다. 끝."

그리고 또 한 번.

"당신이 졌습니다. 끝."

이제 세 번 남았다.

"당신이 졌습니다. 끝."

이제 두 번만 더.

"당신이 졌습니다. 끝"

승우는 얼어붙으려는 혀를 겨우 움직였다.

마지막 한 번만 더 외치고 촛불을 불면 끝난다.

"당신이 졌습니……."

어째서일까?

승우는 마지막 한 번의 주문을 다 말하지 않고 자기도 모르게 손을 쭉 뻗었다.

내내 뒷모습을 보인 채 꼼짝도 하지 않은 인형을 덥석 잡아 올렸다. 확인하고 싶었다. 정말로…… 아무 일도 일어나지 않았는지를……. 승우는 손목을 틀어서 인형의 얼굴을 확인했다.

인형의 얼굴이 기괴한 몰골로 일그러져 있었다. 무시무시한 얼굴로 변해 있었다. 승우는 인형을 바닥에 내던졌다.

'큰일 났다. 인형에게 들켰다!'

머릿속에 경고음이 울렸다. 처음에 외웠던 주문 하나가 관자놀이를 관통하고 지나갔다.

'인형님…… 나를 찾으면…… 생명을 드리겠습니다!'

머리가 깨질 듯이 지끈거렸다. 승우는 정신없이 돌아서서 방으로 도망쳤다. 문을 꼭 닫고 잠금 버튼을 눌렀다. 문밖에서 아까 들었던 소리가 또 들렸다.

'그윽…… 그윽…… 그그극…….'

승우는 뒷걸음질 치다가 붙박이 옷장에 등을 부딪쳤다.

'그윽…… 그윽…… 그그극…….'

승우는 그제야 그 소리가 무슨 소린지 알 것 같았다.

그것은 손가락으로 문을 긁는 소리였다.

그윽…… 그그그극…….

승우는 부들부들 떨며 기도하듯 두 손을 모았다. 승우는 내내 쥐고 있던 소금봉지가 없어졌다는 걸 알았다.

어디서 흘렸을까? 인형의 얼굴을 보고 놀라서 도망칠 때 그때 흘렸을까? 소금은 이 의식에서 자신을 지켜주는 부적과도 같다. 그런 것이 사라졌다.

바로 그때, 등 뒤에서 옷장 문이 천천히 열렸다. 승우는 돌아보지 않았다.

등 뒤로 지옥과 맞닿은 기다란 어둠 저 끝에서부터 무언가가 엉금엉금 기어오고 있다는 걸 느낄 수 있었다. 하지만 고개를 돌릴 수 없었다. 손끝 하나 까딱할 수 없었다.

승우는 눈을 질끈 감았다. 잠깐의 정적이 방안을 무겁게 짓눌렀다.

모든 게 환상이 아니었을까?

그런 생각이 들어 승우가 실눈을 떴을 때였다.

"여기 있다."

옷장 문이 왈칵 열리며 피 묻은 손 두 개가 승우의 얼굴을 움켜잡았다.

커다란 괴물에게 삼킨 것처럼 승우의 몸은 옷장 속으로 빨려 들어갔다.

5

태성이 오후 일과를 마치고 사무실로 들어서니 손님이 기다리고 있었다. 강도식이었다. 그는 태성을 보고는 엉거주춤 일어서서 고개를 숙였다.

"문이 열려 있기에 안에서 기다렸습니다. 죄송합니다."

"아닙니다. 앉으세요."

명함을 건네며 주의사항을 일러준 지 꼭 일주일이 지났다. 생각보다 빨리 찾아온 셈이다. 태성은 벽시계를 보았다. 오후 다섯 시였다.

"커피 한 잔 드릴까요?"

태성이 커피가 놓인 선반 쪽으로 가며 물었다.

"아뇨, 괜찮습니다. 오늘만 이미 석 잔이나 마셔서……."

"그래요? 그럼 바로 본론으로 들어가죠."

태성은 김이 모락모락 피어나는 커피 한 잔을 손에 들고 앉았다.

"역시 무슨 일이 있었던 거군요?"

"예? 아, 그러니까 그게……."

도식은 말을 더듬었다.

"솔직히 이거 무슨 말을 어떻게 해야 할지 모르겠네요."

도식은 태성에게서 받은 명함을 꺼내 만지작거렸다.

"그때 말씀하신 게 생각나서 의논을 드려볼까 하고 왔습니다."

"편히 말씀하세요."

도식은 한숨만 푹푹 내쉬다 손등으로 이마의 땀을 닦았다. 방안에는 에어컨이 돌아가고 있는데도 더운 모양이었다.

"그게……."

한참 만에 도식이 입을 뗐다.

"정말로 유령을 봤습니다."

그렇게 말해놓고 도식은 태성의 표정부터 살폈다. 태성은 덤덤하게 커피만 마셨다. 그런 반응을 기대했던 게 아니다.

"놀라지 않습니까?"

"놀라다니요?"

"보통은 이런 말 들으면 놀라지 않나요?"

"천만의 말씀입니다. 유령이 나올지도 모른다고 제가 말씀드렸잖습니까? 그런데 왜 놀랍니까?"

"아……. 그렇다면 사장님은 혹시 퇴마사이신가요?"

"퇴마사요?"

"아니면 무당?"

태성은 헛웃음을 쳤다.

"아니요. 저는 그런 사람이 아닙니다. 귀신이 눈에 보이지만 단지 그것뿐입니다. 귀신 잡는 칼 같은 게 있는 것도 아니고 부적을 쓸 수 있는 것도 아닙니다."

"그러면……?"

"그저 얘기를 들어주는 거죠. 귀신이든 사람이든 자기 얘길 들어줄 상대가 필요한 법이니까요."

태성은 커피를 한 모금 마시며 도식을 말끄러미 쳐다봤다.

"말씀해보세요. 그 집에서 무슨 일이 있었죠?"

도식은 허리를 쭉 펴서 소파 등받이에 기댔다. 천장의 하얀 형광등 불빛이 눈에 들어왔다. 그 하얀빛 속으로 며칠 전의 기억이 떠올랐다.

도식은 정원에서 담배를 피우며 밤하늘을 올려다봤다. 탁 트인 하늘엔 별이 많았다. 숲 어딘가에서 소쩍새가 울었다. 이사 오길 잘했다는 생각이 들었다.

담배를 끄고, 현관 쪽으로 돌아섰다. 그때 도식의 눈에 뭔가 아른거리는 게 들어왔다. 도식은 집을 올려다봤다. 모든 창문에 불이 꺼져 있었다. 하지만 2층 왼쪽 창에만 하얀빛이 아른거렸다. 아마 침대 옆 스탠드를 켜둔 모양이었다.

2층 왼쪽 방은 아들 승우의 방이었다. 도식은 손목시계를 확인했다. 밤 열한 시였다.

'대체 이 시간까지 잠 안 자고 뭐하는 걸까?'

책을 읽는 중일 수도 있다. 6학년이 되면서 부쩍 독서량이 늘었다. 소년소녀 동화나 고전은 물론이고 요괴나 괴수대백과 사전 같은 요상한 책들까지 가리지 않고 읽었다. 독서야 나쁘지 않지만 지금은 너무 늦은 시간이었다.

도식은 조용히 2층으로 올라갔다. 아들 방 앞에서 걸음을 멈췄다. 문 너머에서 무슨 소리가 들렸다. 도식은 몸을 숙이고 문에 귀를 기울였다. 두런두런 얘기를 주고받는 소리가 들렸다.

'정애인가?'

도식은 아내를 떠올렸다. 하지만 그럴 리가 없었다. 아내는 밤 아홉 시만 되면 아들을 재우려고 난리였다. 그런 아내가 이 시간에 아들의 방을 방문해서 밀담을 나누듯 소곤거린다는 건 있을 수 없다.

하지만 그렇게 부정을 하고 보니, 그 부정을 다시 부정하고 싶었다. 이 밤중에 아내 말고 누가 아들과 이야기를 나눌 수 있단 말인가?

'역시 정애일 거야.'

도식은 그렇게 결론짓고 살며시 방문을 두드렸다.

"승우야, 잠 안 자고 뭐 해?"

소곤거리던 소리가 뚝 끊겼다. 차가운 침묵이 밀려왔다.

도식은 문을 열었다. 방안은 깜깜했다. 아들은 침대에 새우처럼 몸을 구부린 채 자고 있었다. 침대 옆 스탠드도 꺼져 있었다.

문득 한쪽 벽면에 놓인 커다란 옷장이 눈에 들어왔다. 옷장 문이 조금 열려 있었다. 도식이 다가가 문을 꽉 닫으며 옷장을 새삼 둘러봤다. 그 옷장은 벽에 붙박여 있어서 옮길 수 없었다. 집이 지어질 때부터 있던 옷장 같았다. 도식은 옷장을 손으로 쓱쓱 매만지다 돌아섰다.

승우가 침대에 오도카니 앉아 도식을 쳐다보고 있었다.

"너…… 언제 깼어?"

승우는 말없이 도식만 바라보았다.

"너 조금 전에 누구하고 이야기하지 않았어?"

도식이 아들에게 다가가 물었다. 승우는 커다란 눈을 똑바로 뜬 채 긍정도 부정도 하지 않았다. 더 캐물어 봐야 어떤 답도 나올 것 같지 않았다. 도식은 아들을 침대에 눕혔다.

"아빠."

방을 나가려는데 승우가 불렀다.

"왜?"

"저 옷장 속에…… 누가 살고 있어요."

"뭐?"

"어떤 누나가……."

승우는 말끝을 흐리더니 이내 눈을 감았다.

도식은 무심코 옷장으로 눈길을 돌렸다. 옷장 문이 아주 조금 열려 있었다. 그 안에서 누군가가 밖의 동정을 살피기라도 하는 것처럼.

다음 날 승우는 평소처럼 아무렇지 않게 행동했다. 아침 식사 시간에 도식은 아들의 눈치를 살폈다. 어젯밤에 못다 한 얘길 들려주지 않을까 내심 기대했다. 하지만 아들은 묵묵히 밥만 먹더니 거실로 가서 책을 읽었다.

오후쯤에 도식은 슬쩍 아들에게 다가가 말을 건네 봤다.

"어젯밤엔 누구랑 그렇게 얘길 했던 거야?"

"어떤 누나랑요."

"누나?"

"예."

도식은 승우가 읽는 책을 힐끔 보았다. 《안네의 일기》였다.

"혹시 그 누나 이름이 안네였니?"

아이들은 가끔 책 속 주인공과 대화를 나누곤 한다.

"아니요. 안네는 이 책 주인공이잖아요."

"그런가?"

도식은 일부러 모르는 척을 했다.

"그 누나는 이름이 아사코라고 했어요."

"아사코?"

"승우야, 과일 먹자."

식당에서 정애의 목소리가 들렸다. 승우는 책을 내려놓고 식당으로 갔다.

그날 밤 열한 시쯤, 도식은 아들의 방으로 가보았다. 문 앞에서 귀를 기울였다. 어제와 같이 나직이 두런거리는 소리가 들렸다.

도식은 갑자기 문을 열었다. 승우가 침대에 앉은 채 고개를 홱 돌렸다. 희미한 스탠드 불빛에 드러난 방안에는 승우 말고 아무도 없는 것 같았다.

"너 누구랑 얘기했어?"

도식이 다가와 물었다. 승우는 눈을 동그랗게 뜨고 아무 말도 하지 않았다. 도식은 옷장으로 눈길을 던졌다.

"그래, 저 안에 누가 살고 있다고 그랬지?"

도식은 성큼 다가가 옷장 문을 활짝 열었다. 옷걸이에 걸어

놓은 옷들을 손으로 밀며 누군가가 숨어 있길 기대했다. 하지만 아무도 나타나지 않았다. 도식은 옷장 맨 안쪽까지 손을 뻗었다. 딱딱한 벽이 만져졌다. 이 옷장은 붙박이라 뒷면은 그냥 벽인 듯했다.

도식은 옷장 문을 닫았다. 그때 등 뒤에서 아들의 목소리가 들렸다.

"갑자기 들어오셔서…… 옷장까지 갈 시간이 없었어요."

"뭐라고?"

도식이 뒤를 돌아봤다.

"그래서…… 침대 밑으로 숨었다가……."

아들이 침대 밑을 손가락으로 가리켰다.

도식은 바닥에 엎드려 침대 밑을 확인했다. 아무것도 없었다. 아들의 목소리가 또 들렸다.

"아빠가 옷장을 확인할 때…… 그 누나는 침대에서 나와 문밖으로 나갔어요."

"뭐?"

도식은 아들의 어깨를 붙잡았다.

"승우야, 정신 차려. 대체 왜 이러는 거야?"

"정말이에요. 방금 나갔으니 아직 복도에 있을지도 몰라요."

도식은 문밖으로 눈길을 던졌다.

"그런데 어쩌시려고요?"

승우가 물었다.

"뭐?"

"그 누나를 어쩌시려고 그래요?"

"어쩌다니?"

"그냥 두시면 안 돼요?"

승우가 아버지의 손을 잡았다.

"누나를 괴롭히지 말아주세요."

도식은 승우의 눈을 가만히 들여다봤다. 그때 복도에서 쿵쿵
거리며 달리는 소리가 났다. 도식은 아들의 손을 뿌리치고 문
밖으로 나갔다. 2층 복도 끝 테라스로 나가는 문 앞에 뭔가가
희끗거렸다.

"누구야?"

도식이 소리치며 달려갔다. 테라스 앞에는 아무것도 없었다.
도식은 테라스로 나갔다. 찬 공기가 얼굴을 때렸다. 테라스를
빙 돌며 아들의 방으로 통하는 창문 앞에 섰다. 아들의 방엔 아
직 스탠드가 켜져 있어 방안의 풍경이 희미하게 보였다. 아들
은 침대에 누워 있었다.

그때 천천히 옷장 문이 열리며 하얀 손이 불쑥 나왔다. 도식
은 창문을 손으로 밀었다. 하지만 잠겨 있었다. 옷장에서 나온

것은 하얀 원피스를 입은 소녀였다. 어깨까지 내려오는 머리카락이 얼굴의 반을 덮고 있었다.

도식은 창문을 두드렸다. 그러자 소녀가 고개를 돌려 도식을 노려봤다. 도식은 다시 테라스를 빙 돌아가려 했다. 하지만 도식의 눈이 정원 구석 창고로 향했다. 창고 앞에는 피투성이의 두 남녀가 가만히 서서 이쪽을 올려다보고 있었다.

6

승우는 침대에 비스듬히 누워 책을 읽고 있었다. 멀리서 부엉이 소리가 들렸다. 승우는 책을 내려놓고 창밖을 보았다. 어느새 정원엔 어둠이 짙게 내려앉았다. 산자락에 있는 집이라 어둠이 빨리 찾아왔다. 밤이 되면 온갖 새와 벌레가 울었다.

승우는 벽시계를 보았다. 일곱 시 반이었다. 아빠는 아직 돌아오지 않았다. 엄마는 숲길을 도는 중일 테다. 이 시간이면 늘 한 시간 정도 걷기 운동을 했다.

무슨 소리가 들렸다. 삐걱거리며 뭔가가 다가오는 소리였다.

승우는 옷장을 쳐다봤다. 옷장 문이 천천히 열렸다. 하얀 원피스를 입은 소녀가 걸어와 승우 앞에 섰다.

"아사코 누나. 오늘은 일찍 왔네?"

소녀는 입꼬리를 올리며 웃었다.

"오늘은 너랑 갈 데가 있어서."

"갈 데? 어디?"

"따라와 보면 알아."

아사코가 승우의 손목을 잡아끌었다. 승우는 홀린 듯이 아사코의 뒤를 따랐다.

"이제부터 누나가 사는 곳으로 갈 거야."

"누나가 사는 곳?"

아사코가 옷장 속으로 승우를 데려갔다. 승우가 옷장에 오르자 아사코는 옷장 문을 닫았다. 한 치 앞도 안 보이는 어둠이 승우를 감쌌다.

"무섭니?"

아사코가 물었다.

"조금."

"돌아가고 싶어?"

승우는 입술만 깨물며 아무 말도 하지 못했다. 어둠 속에서 아사코의 목소리가 들렸다.

"하지만 네가 날 불러냈잖아. 그 귀신 부르는 인형놀이로."

승우는 이사 온 첫날밤의 기억을 떠올렸다.

살아있는 인형놀이.

그 의식을 통해 아사코의 원귀를 불러냈다. 그날 붙박이장 속으로 끌려간 승우는 아사코와 마주했다. 처음에는 아사코가 무서웠다. 창백한 얼굴, 헝클어진 머리카락, 손톱이 하나도 남아 있지 않은 손끝.

그 후 아사코는 밤마다 승우의 방으로 찾아왔다. 그러는 동안 처음의 무서웠던 감정은 사라져갔다. 이런저런 얘기를 나누다 보니 오히려 아사코가 가여웠다. 아사코는 좁고 어두운 곳에 갇혀 혼자 지내고 있다고 했다. 승우는 그런 아사코 곁에 같이 있어주고 싶었다.

"같이 있어주겠다고 그랬던 거 거짓말이었어?"

아사코가 물었다.

"아니, 거짓말 아니야."

"정말?"

"정말이야."

"그래, 착하구나. 그럼 됐어. 이제부터 누나랑 영원히 같이 있는 거야. 같이 있으면 무섭지 않을 거야."

아사코가 승우의 손을 잡아끌었다. 승우는 손에 힘을 주며 버텼다.

"잠깐."

"또 왜 그래?"

"영원히 같이 있어야 하는 거야?"

"왜? 싫어?"

"그게 아니라……."

승우는 망설였다. 아사코 누나와 함께 있으면 마치 홀린 듯이 누나에게 푹 빠지게 된다. 누나가 가여웠고, 그래서 함께 있어주고 싶어진다. 하지만 영원히 그래야 한다면 견딜 수 없을 것 같았다. 엄마 아빠와 영영 헤어져 살 자신이 없었다.

그때였다. 아래층에서 엄마 목소리가 들렸다.

"승우야, 내려와. 아빠 오셨어."

아사코는 번뜩이는 눈으로 승우를 쳐다봤다.

"내려가 봐."

아사코가 그렇게 말하며 승우의 손을 놓아줬다.

"오늘 밤 다시 데리러 올게. 그동안 엄마 아빠랑 작별인사를 나누도록 해."

덜컥, 하고 옷장 문이 열렸다. 승우는 옷장에서 나왔다.

"기억해."

옷장 안에서 아사코가 말했다.

"내가 널 찾아냈으니, 네 생명은 내 것이야."

옷장 문이 닫혔다. 아래층에서 엄마 목소리가 또 들렸다.

"승우야 뭐해? 아빠 오셨대도. 손님하고 함께 오셨으니, 내려와서 인사해."

태성은 미간을 찌푸렸다. 일주일 사이에 이물이 다시 쌓여 있었다. 창고 앞은 물론이고, 집안 곳곳에 기이한 형태의 이물들이 굴러다녔다.

"여기가 승우 방인가요?"

태성이 문을 열고 들어갔다. 그 순간 아찔한 현기증이 밀려왔다. 태성의 눈앞에 묘한 영상이 떠올랐다.

꼬마 아이, 인형, 거울, 촛불, 밤 열두 시, 주문, 문 긁는 소리, 여기 있다, 장롱에서 튀어나온 피 묻은 손.

"어떤가요?"

뒤에서 도식이 조심스럽게 물었다. 태성은 고개를 저었다.

"아드님이 무서운 장난을 했었군요."

"예?"

"해서는 안 될 짓을 했어요. 그 덕에 무시무시한 것을 불러냈어요."

"……."

태성은 붙박이장을 활짝 열었다. 그곳에도 이물이 가득했다. 이 정도로 귀기 서린 방에서 지낸다면 얼마 못가 병에 걸리거나 미칠 수도 있다.

"오늘만 아드님을 다른 방으로 옮겨보세요."

태성이 돌아보며 말했다.

"다른 방이요?"

"오늘은 제가 이 방에 있어 보겠습니다."

"어쩌시려고요?"

"글쎄요……. 혹시 제가 좀 이상한 짓을 할지도 모르는데, 그래도 그냥 지켜봐주세요."

"예? 그게 무슨……?"

뭐 그런 거죠, 라고 얼버무리며 태성은 어깨를 으쓱했다.

거실로 내려오니 정애와 승우가 영문 모를 표정을 짓고 있었다.

"아빠 친구야. 오늘 하룻밤만 자고 가실 거야."

도식이 승우에게 설명했다.

"네가 승우구나?"

태성이 승우에게 다가와 허리를 굽혀 눈을 맞췄다.

"너 며칠 전에 이상한 장난 친 적 있지?"

"장난이요?"

"인형 가지고 하는 위험한 장난."

"……."

태성이 허리를 쭉 펴며 승우의 머리를 쓰다듬었다.

"그나저나 승우야, 오늘 하루만 이 아저씨가 네 방에서 자야 할 것 같은데. 괜찮지?"

태성을 말끄러미 바라보던 승우가 느닷없이 소리쳤다.

"안 돼요."

"왜 안 돼?"

태성이 물었다. 승우는 뭔가를 말하려다 말고 입을 다물었다. 그러다 다시 태성을 쳐다보며 말했다.

"아무튼 안 돼요. 다른 방에서 주무세요. 제 방은 안 돼요."

"얘가 왜 이래?"

정애가 승우의 어깨를 토닥거렸다.

"그래, 승우야. 넌 오늘 엄마, 아빠랑 같이 자면 되잖아."

도식도 나섰다.

"하지만 다른 방도 있잖아요?"

"빈방은 썰렁해서 못 자. 오늘 하루만 엄마 아빠랑 같이 자자."

도식이 그렇게 말하며 승우의 손을 잡았다. 그러나 승우는 그 손을 뿌리치고 2층으로 달려가며 외쳤다.

"그래도 안 돼요. 내 방에선 아무도 못 자요."

2층으로 올라가는 승우의 뒷모습을 태성은 한참 동안 바라보았다.

청소는 밤 아홉 시가 넘도록 이어졌다. 태성은 집안 곳곳에 기생하는 이물들을 분진 제거기로 쓸어 담았다. 승우 방 옷장 속의 이물들은 꽤 사나웠다. 툭툭 튀어 오르며 태성의 어깨와 얼굴을 쳤다. 청소기 흡입구로 하나하나 모두 빨아들였다. 이물이 든 쓰레기봉투를 두 손 가득 들고 정원 구석으로 가서 태웠다.

"쓰레기를 태우는 겁니까?"

도식이 다가와 물었다.

"설명하기 복잡하네요. 나쁜 기운을 담고 있는 쓰레기라고 해두죠."

불씨가 꺼지자 태성은 재를 쓸었다.

"그런데 승우는 어떡하고 있습니까?"

"조금 전에 잠든 것을 제 엄마가 데리고 내려왔어요."

"잘했습니다. 이제부터 전 그 방으로 가보겠습니다."

"그런데……"

도식이 이마를 긁으며 깊은숨을 내쉬었다.

"승우가 아까 제 엄마에게 이상한 소리를 했대요."

"이상한 소리요?"

"자기가 없어져도 잘 살 수 있겠느냐고요."

"……."

"무슨 뜻일까요?"

태성은 고개를 저었다.

"생각보다 문제가 심각한 것 같네요."

"심각하다니요? 대체 뭐가 어떻게 심각하다는 겁니까?"

도식이 겁먹은 목소리로 물었다.

"아이에게 무시무시한 것이 씌었어요. 그러니 오늘밤엔 엄마
방에 잘 붙잡아두세요."

"잘 알겠습니다."

도식은 황급히 돌아서서 현관으로 달려갔다. 태성은 창고 앞
으로 갔다. 도식에게서 받은 열쇠로 창고 문을 열었다. 창고 안
에 떨어진 이물들도 모두 쓸었다. 차가운 시선이 느껴져 구석
을 돌아봤다. 두 남녀가 피를 흘리며 서서 태성을 노려보고 있
었다.

"그만 돌아가세요."

태성이 말했다.

"이 집은 산 사람들의 생기로 채워가야 합니다. 죽은 자가 계
속 머물면, 집도 죽은 집이 됩니다. 그건 집에게도 못할 짓이죠."

"우린 억울하다……."

남자 유령이 말했다.

"사람들은 죄 없는 우리를 죽이고 이 집을 빼앗았다."

"알아요. 그건 모두에게 비극이었어요."

"이 집은 우리 것이다. 떠나야 할 쪽은 너희들이다."

남자의 입에서 하얀 냉기가 뿜어졌다. 공기가 써늘해졌다. 태성은 주머니에서 곰 인형을 꺼냈다. 곰을 보자 유령들의 표정에 변화가 생겼다. 기모노를 입은 여자 유령은 그리운 듯 손을 내밀었다.

"당신들이 이곳을 떠나지 못하는 것은 아사코 때문이죠?"

태성이 말했다.

"이 집이 아니라, 아사코가 그리워서 떠나지 못하는 거죠? 여기 머물면 아사코를 계속 볼 수 있으니, 그것을 방해받고 싶지 않은 거죠?"

유령들은 아무런 대꾸도 하지 않았다.

"하지만 아사코는 다른 생각을 하고 있어요. 이 집에 사는 꼬마를 데려가려 해요. 그건 꼬마에게도, 아사코에게도 좋지 못해요. 아사코가 꼬마의 생명을 해하면, 악귀가 되어 영원히 이집을 떠나지 못할 겁니다. 당신들이 아사코를 설득해서 데려가세요."

유령들은 말없이 피눈물을 흘렸다.

태성은 창고를 나왔다. 부부 유령은 큰 문제가 되지 않았다.

그들은 억울하게 죽어 증오와 원망을 품고 있지만 기나긴 세월이 흐르는 동안 그 감정이 옅어졌다. 집을 떠나지 못하는 이유는 딸 아사코 때문이다.

아사코 또한 원한을 품고 죽었다. 엄마 아빠가 사람들에게 습격당해 죽은 줄도 모르고, 내내 벽장 속에 숨어 지냈을 것이다. 그곳에서 두려움에 떨다 굶어 죽었을 가능성이 크다. 비참한 죽음이다. 그것이 한이 되어 집을 떠나지 못한다. 아사코가 집을 못 떠나니, 부부 유령도 이곳을 못 떠난다. 태성은 저택을 올려다보며 깊은 시름에 잠겼다.

7

밤 열한 시. 벽을 타고 소녀의 흐느끼는 소리가 들렸다.

"배고파…… 무서워……. 나 여기 있어…… 누가 날 좀 꺼내줘……."

소녀의 목소리는 점점 가늘어지더니 이내 사라졌다.

잠시 후 삐걱거리는 소리가 들렸다. 옷장 문이 열렸다.

"승우야, 일어나."

아사코는 어느새 옷장 앞에 서서 침대를 내려다보고 있었다.

"누나하고 같이 가야지."

아사코가 손을 뻗어 이불을 걷었다. 침대 속에서 누군가가 벌떡 일어나 앉았다.

"당신은……."

아사코의 두 눈이 튀어나올 듯이 커졌다.

"아사코, 승우는 오지 않아. 그러니 조용히 돌아가도록 해."

승우 대신 침대에 누워 있던 태성이 그렇게 말했다. 아사코는 부릅뜬 눈으로 태성을 한참 보더니 이내 옷장 속으로 사라졌다. 옷장 속에서 목소리가 들렸다.

"나를 속이다니! 너무해! 너무해!"

벽을 긁는 듯한 기이한 울음소리가 집 전체에 울렸다.

"그 아이의 목숨은 내 것이야! 내 마음대로 할 거야!"

곡소리와 함께 유리창이 깨질 듯이 흔들거렸다. 방 안의 물건이 넘어지고, 종잇장이 날렸다. 천장의 형광등 불이 꺼졌다 켜졌다를 반복했다. 울음소리가 잠잠해지길 기다렸다가 태성이 옷장 문을 열었다. 손을 뻗어 옷장 안쪽 벽을 만졌다. 벽 안으로 들어가는 비밀 통로 같은 건 없었다.

태성은 옷장 속의 옷들을 모두 들어내 침대 위로 던졌다. 그런 다음 침대 밑에 준비해뒀던 해머를 들었다. 태성은 옷장으로 들어가 해머를 휘둘렀다.

쿠쿵!

해머가 벽을 때렸다. 벽에 금이 갔다. 그곳을 계속 내리쳤다.

"무슨 일입니까?"

소리를 듣고 도식이 달려왔다.

"아까 말씀드렸잖습니까?"

태성이 힐끗 돌아보며 말했다.

"이상한 짓을 하게 될지도 모른다고요."

"하지만……."

태성은 해머를 계속 휘둘렀다. 벽에 구멍이 생겼다. 태성은 구멍 속으로 얼굴을 밀어 넣었다.

"역시."

해머로 벽을 때려 구멍을 더 넓혔다.

"이 집은 처음 지어질 때 일본식 가옥 구조로 지어졌습니다. 이 너머가 벽장이었죠."

태성이 벽을 때리며 말했다.

"그런데 나중에 이곳에 살게 된 사람이 시멘트를 발라 벽장을 막아버렸습니다."

태성은 손전등을 켜고, 벽 구멍으로 몸을 밀어 넣었다.

"어쩌시려고 그럽니까?"

"그 유령을 만나봐야죠. 다시는 승우 앞에 나타나지 말아 달라고 부탁이라도 해봐야죠."

태성은 벽 안, 원래는 벽장이었을 공간으로 들어갔다. 그곳
은 좁고 컴컴했다. 두 손을 뻗어 벽장 위를 더듬었다. 천장이
만져졌다. 힘껏 밀어보니 천장이 들려 올라갔다. 그리고 뭔가
묵직한 것이 밀려 나가는 느낌도 들었다. 아마도 무거운 물건
으로 천장 판자를 눌러놓아서 사람이 못 올라오게 해두었던 것
같았다. 천장 판자가 밀려난 자리에 새까맣게 뚫린 구멍이 보
였다. 태성은 그곳으로 머리를 쓱 올렸다. 찬 공기가 밀려와 얼
굴에 닿았다. 천장 위는 동굴 속처럼 어둡고 서늘했다.

두 팔로 천장 바닥을 짚고 위로 올라왔다. 손전등으로 주변
을 살폈다. 바닥엔 먼지가 3센티미터 정도 덮여 있었다. 지붕
을 떠받고 있는 서까래와 들보, 기둥들은 정교하지만 한편으론
어지럽게 느껴졌다. 보고 있노라면 아득한 공포감도 밀려왔다.

안쪽 깊은 구석에 아사코가 기둥에 몸을 기댄 채 웅크리고
있었다. 손전등으로 아사코의 얼굴을 비추었다. 광대뼈가 튀어
나왔고, 볼은 홀쭉하게 들어갔다. 반소매 밑으로 드러난 팔은
금방이라도 부러질 것처럼 가늘었다.

"아사코, 널 데리러 왔어."

아사코는 커다란 눈동자를 굴리며 겁먹은 얼굴로 태성을 쳐
다봤다. 태성은 주머니에서 곰 인형을 꺼내 보였다. 아사코가

손을 뻗어 곰 인형을 만졌다.

"이제 더는 두려워할 필요 없어. 화낼 필요도 없고. 네 시신은 내가 잘 묻어주마."

아사코의 갈라진 입술이 가느다랗게 떨렸다.

"계속…… 혼자였어요. 여기 있다. 여기 있다. 아무리 외쳐도 누구도 오지 않았어요."

아사코가 흐느끼듯 말했다.

"너무 외롭고…… 무서웠어요. 그래서 이곳을 떠나고 싶었지만……. 이곳의 어둠이 저를 놓아주지 않았어요. 저는 오래전에 이 어둠에게 삼켜진 거예요."

"그랬구나."

태성은 측은한 눈으로 그녀를 바라보았다. 이제 열다섯 정도밖에 되지 않았다. 이렇게 좁고 어두운 곳에서 혼자 얼마나 무서웠을까. 누군가 구해주길 기다리며 어둠 속에서 쓸쓸하게 죽어갔을 테다.

"저 밖에서 엄마 아빠가 저를 기다리고 있다는 걸 알아요. 하지만……."

아사코는 무릎을 바싹 끌어당기며 울먹였다.

"이곳의 어둠이 저에게 속삭였어요. 여기가 네 집이다. 계속 머물러라. 계속……."

"아사코."

태성은 손을 뻗어 아사코의 어깨를 만졌다. 작고 동그란 그 어깨가 먼지처럼 흩어졌다. 이제 그곳에 아사코는 없었다.

그 자리엔 하얀 뼈만 남아 있었다. 태성은 아사코의 뼈를 천에 담아 조심스럽게 감쌌다. 두개골과 넓적다리뼈를 제외하곤 작은 뼛조각들뿐이었다.

밑으로 내려오니, 아이의 울부짖는 소리가 들렸다. 승우의 목소리였다. 승우는 발작을 일으키는 것처럼 고함을 지르며 몸을 비틀었다. 도식과 정애가 간신히 아들의 몸을 붙잡고 있었다.

"놔요! 누나에게 가야 해요! 같이 있어 주겠다고 약속했단 말이에요!"

"승우야, 제발 정신 좀 차려."

정애가 승우를 등 뒤에서 힘껏 안았다. 승우는 몸부림치며 엄마에게서 벗어나려 했다.

"승우야! 이제 그만해!"

태성이 다가와 소리쳤다.

"아사코 누나는 갔어."

"가다니요?"

승우가 태성을 올려다봤다.

"여기가 누나 집이라고 했어요. 그런데 어디로 간단 말이에요?"

"엄마 아빠가 있는 곳으로. 누나의 엄마 아빠 말이야."

"……."

"너에게 미안하다고 그랬어. 혼자 있기가 너무 무섭고 쓸쓸해서 너랑 같이 있고 싶었대. 하지만 그러면 너에게 해가 된다는 걸 안 거야. 그래서 떠난 거야. 아사코는 너를 위해서 여길 떠난 거야."

승우는 잠시 허를 찔린 사람처럼 발작을 멈추고 멍하니 허공만 쳐다봤다. 그러다 다시 소리 질렀다.

"거짓말하지 마세요! 누나는 나랑 있고 싶다고 그랬어요. 오늘밤 꼭 데리러 올 거라고 약속했단 말이에요!"

승우는 몸을 비틀어 엄마의 품에서 벗어났다. 도식과 정애가 손쓰기도 전에 2층으로 뛰어 올라갔다.

"승우야."

정애가 아들의 뒤를 쫓아 올라갔다. 도식도 가려다 말고 태성을 돌아봤다.

"이제 괜찮을 겁니다."

태성이 말했다.

"아사코의 유령은 두 번 다시 나타나지 않을 겁니다."

도식은 벌겋게 달아오른 얼굴로 태성을 바라보다 2층으로 올라갔다. 승우는 몸이 허약한 아이였다. 그런 만큼 누구보다 예민한 정신세계를 지녔다. 그래서 인형으로 한 강령술에서도 쉽게 귀신과 접촉했다. 또 아사코의 슬픈 사연에도 깊이 빠져들었다. 그 후유증에서 벗어나려면 시간이 필요할 테다.

태성은 집을 나왔다. 자신이 할 일은 이제 없다. 청소는 끝났다. 정원으로 나오니 대문 앞에 세워진 정원 등이 노란빛을 품고 있었다.

그 아래로 사라져가는 세 그림자가 보였다. 모든 미련과 원한을 내려놓고 떠나는 이들의 뒷모습은 무척 편안해 보였다. 태성은 주머니에서 곰 인형을 꺼냈다.

별안간 그의 눈앞에 곰 인형을 소중히 품은 어린 아사코의 모습이 보였다. 어린 아사코는 햇살이 눈부시게 쏟아지는 창가에 앉아 환하게 웃으며 언제까지고 곰 인형의 머리를 쓰다듬었다.

되살아난
시체들의 도시

1

관 속에서 눈을 떴다.

새까만 어둠이 망막을 가로막았다. 실오라기 같은 빛조차 새어들지 않았다. 팔다리를 움직이니 딱딱한 널빤지가 만져졌다. 오동나무인지 소나무인진 모르겠으나 무척 단단했다.

똑바로 누워서 생각을 더듬었다. 어둠 속에서 지난날의 기억 몇 개가 주마등처럼 떠올랐다. 불 꺼진 극장에서 내 삶을 기록한 흑백영화가 상영되는 느낌이었다.

어린 시절의 골목이 보였다. 골목에는 유난히 개가 많았다. 나는 개를 쫓으며 놀았다. 청소차나 방역차가 지날 때면 그 뒤를 쫓아 달렸다. 뒷산에서 아카시아 꽃이나 망개나무 열매를 따 먹기도 했다.

내 부모는 교육자였다. 아버지는 중학교 선생, 어머니는 초등학교 선생이었다. 아버지도 어머니도 내게 공부를 강요하지 않았다. 내가 마음껏 놀고, 하고 싶은 일을 할 수 있게 지켜보기만 했다. 나는 골목을 뛰어다니고, 나무를 타고, 그림을 그렸다.

해가 지면 세 식구가 식탁에 앉아, 그날 있었던 재미난 일들을 얘기하며 저녁을 먹었다. 내 어린 날, 가장 눈부셨던 시절의 얘기다.

중고등학교를 지나 미대생 시절에 아내를 만났다. 아내는 같은 학과 후배였다. 우리는 4년 정도 만나다 결혼했다. 결혼 후 나는 그림을 접었다. 그림은 좋았지만, 재능이 뛰어나진 않았다.

나는 여행 잡지를 만드는 출판사에 취직했다. 딸아이가 태어나고, 그 애가 중학생이 되자 아내는 보험설계사 일을 시작했다.

나는 내 죽음을 기억한다.

야근을 끝내고 집으로 가던 중이었다. 서류더미에 푹 파묻혀 질식하는 꿈을 꿨다. 그러다 번쩍하고 섬광이 쏟아지며 서류더미가 사방으로 흩어졌다. 눈을 뜨니, 깨진 차창 너머로 둥치가 굵은 아카시아 나무가 보였다.

졸음운전이었다. 며칠째 계속된 출장과 야근 때문에 수마가 내 목숨을 빼앗는 줄도 모르고 가속페달을 밟았다. 차는 가로

수를 들이받고 멈췄다. 나는 즉사했고, 다행히 다른 인명 피해는 없었다.

그 후 기억은 없다. 내 죽음으로 아내와 딸이 얼마나 슬퍼했을지, 내 빈소엔 얼마나 많은 사람이 향을 올렸을지…….

문득 이 모든 게 꿈일지도 모른다는 생각이 들었다.

그런 꿈을 자주 꿨다. 불의의 사고로 죽어 땅속 깊이 묻히는 꿈. 무섭고 참담한 기분에 눈물까지 흘리다 깬 적도 있다.

지금도 그런 상황이 아닐까. 꿈이 아니고서야 이미 죽은 내가 어찌 이런 사고를 할 수 있단 말인가?

'악몽에서 깨고 싶으면 두 손으로 귀를 비틀면서 눈을 번쩍 떠보렴. 중요한 건 꿈속에서 이 비법을 반드시 기억하고 있어야 한다는 거야.'

어릴 때 삼촌에게서 들은 얘기다. 워낙 귀신 꿈을 많이 꿨던 내게 삼촌이 알려준 '악몽 탈출 비법'이었다.

여기서 핵심은 귀를 비틀며 눈을 번쩍 뜨는 행위가 아니라, 이 비법을 꿈속에서 기억하고 있어야 한다는 것이다. 매일 밤 잠들기 전 나는 이 비법을 머릿속으로 열 번씩 외쳤다. 그런 노력 덕분에 꿈속에서도 이 비법이 기억났고, 악몽에서도 쉽게 탈출할 수 있었다.

나는 두 손으로 양쪽 귀를 단단히 움켜잡았다. 부디 이 방법이 통하길 빌며 귀를 비틀었다. 그리고 눈을 번쩍 떴다.

그대로였다.

내가 바란 것은 내 침대 위, 창가로 스며드는 아침 햇살, 편안하게 잠든 아내의 모습, 이런 것이었다. 하지만 눈앞에 펼쳐진 광경은 우주처럼 광활한 어둠뿐이었다.

이제 나는 어찌되는 것일까? 생매장당한 꼴로 언제가 될지 모를 '다시 죽을 날'만 기다려야 하나?

그건 생각만 해도 견딜 수 없는 일이었다. 이제 곧 구더기가 내 몸을 뒤덮고 살을 파먹을 텐데, 이대로 손 놓고 있을 수만은 없었다.

무덤을 탈출하기로 결심했다.

먼저 나를 가두고 있는 이 딱딱한 판때기부터 부셔야 한다.

다행히 두 손은 자유롭게 움직일 수 있었다. 손끝으로 관의 가장 연약한 부위를 찾아봤다. 어딘가에 희미하게 갈라진 틈이 있을 테다.

한참을 헤맨 끝에 관 뚜껑 가장자리에 갈라진 틈을 찾았다. 틈으로 손끝을 찔러 넣어 구멍을 벌렸다. 고함을 내지르며 힘을 주니 쩍, 하는 경쾌한 소음과 함께 널빤지가 부서졌다. 주먹만 한 구멍이 뚫렸다.

자신감을 얻은 나는 주먹, 발, 무릎까지 써서 관 뚜껑을 공격했다. 처음 생긴 구멍에서부터 균열이 일더니 마침내 짜자작, 하는 경쾌한 소음이 들렸다. 관 뚜껑이 반으로 갈라지며 얼굴로 흙이 쏟아졌다.

부러진 나뭇조각으로 흙을 파헤치며 허리를 일으켰다. 두둑, 하고 뼈마디가 마찰하는 소리가 들렸다. 손을 쭉 내뻗었다. 손끝에 차가운 공기의 느낌이 닿았다. 바깥세상의 공기였다.

'이제 됐다!' 하는 안도감이 밀려왔다. 귀를 비틀며 악몽에서 깨어나는 기분으로, 두 손을 힘껏 내질러 무덤을 파헤쳤다. 흙이 무너지고, 하늘과 산 그리고 나무가 보였다.

어디선가 '와악!' 하는 비명이 터졌다.

그제야 나는 지금이 밤이 아니라 저녁임을 알았다. 해는 막 서쪽으로 떨어졌고, 하늘은 피처럼 붉은 노을이 뒤덮고 있었다. 그곳은 시에서 운영하는 공동묘지였다.

와악, 하고 비명을 지른 이는 묘지 관리인이었다. 60대로 보이는 그 남자는 파랗게 질린 얼굴로 바닥에 주저앉아 나를 뚫어지게 쳐다봤다.

나는 손을 들어 괜찮다는 인사를 했다. 남자는 더 큰 비명을 내지르며 달아났다. 신고라도 하면 골치 아파질 것 같아 서둘러 그곳을 벗어났다.

묘지 입구 앞 화장실로 가서 몸에 묻은 흙을 털어냈다. 머리를 감고 얼굴을 씻었다. 문득 거울을 보니 밀가루처럼 창백한 얼굴이 보였다. 몰랐는데, 내 목은 왼쪽으로 약간 꺾여 있었다. 아무리 똑바로 하려 해도 왼쪽으로 조금 기울어졌다.

툭 튀어나온 광대뼈 위로 퀭하게 들어간 눈이 보였다. 눈동자 한 가운데에 좁쌀만 한 빨간 점 두 개가 박혀 있었다.

나는 흠칫 놀라며 뒤로 물러섰다. 그제야 나는 지금 상황에 커다란 의문이 들었다.

나는 이미 죽었는데 어째서 움직일 수 있는 걸까?

백화점 세일 때 산 싸구려 여름 양복 위로 손을 가져갔다. 심장 박동이 전해지지 않았다. 손목을 만져봤다. 맥이 뛰지 않았다. 팔을 쭉 뻗어봤다. 이리저리 걸어봤다. 조금 뻣뻣한 느낌이 들었지만 팔다리는 내가 원하는 대로 잘 움직였다.

하지만 심장이 멎고, 맥이 뛰지 않는데도 몸이 움직인다는 게 가능한 걸까? 과학적으로는 절대 설명할 수 없는 일이었다. 그렇다면 대체 어쩐 조화 때문에 죽은 시체가 움직일 수 있게 된 걸까?

멀리서 호각소리가 들렸다. 놀라 달아났던 남자가 사람을 데리고 나타난 모양이었다. 그들에게 붙잡히면 귀찮아질 것 같았다.

서둘러 큰길로 내달렸다. 달릴 때마다 뼈가 마찰하는 듯한 소리가 들렸다. 통증은 없었지만, 기분 나쁜 소리였다.

큰길로 나와 택시를 잡았다. 기사는 내 모습엔 조금도 관심을 갖지 않았다. 다행이었다. 때론 무관심이 관심보다 마음을 편안하게 해준다.

한 시간을 달려 내가 살던 아파트에 도착했다. 나는 돈 대신 손목시계로 택시비를 치렀다. 결혼 예물로 받은 명품 시계라 기사도 별다른 불만을 표하진 않았다.

짙은 어둠이 내려앉은 아파트 주차장엔 사람이 없었다. 고양이 서너 마리만 화단가를 서성거렸다.

엘리베이터 앞에 서서 15층을 눌렀다.

신문을 보던 경비가 경비실 쪽창으로 나를 쳐다봤다. 살아 있을 때 두어 번 눈인사를 나눈 적이 있었다. 나는 고개를 살짝 숙였다. 경비도 고개를 숙이더니 신문으로 눈을 돌렸다. 뭔가 석연찮은 기분이라도 들었던지 다시 나를 쳐다봤다.

그때 엘리베이터 문이 열렸다. 서둘러 안으로 들어가 '닫힘' 버튼을 눌렀다.

"잠깐만요, 같이 가요."

다급한 구두 소리가 들리더니 젊은 여자가 엘리베이터에 탔다.

"고맙습니다."

까만 정장 차림의 여자는 나를 보고 웃으며 고개를 숙였다. 그러다 다시 고개를 들어 나를 봤다. 그녀는 짧은 비명을 내지르며 손으로 입을 막았다.

내가 시선을 피하자 그녀도 내 시선을 피해 층수 버튼을 눌렀다. 그녀는 '2층'에서 내렸다.

15층까지 오르는 동안 엘리베이터 거울에 비친 내 얼굴을 찬찬히 들여다봤다. 눈이 더 붉어졌다. 광대뼈도 더 도드라졌다. 영락없이 해골이었다.

'이 꼴로 가족과 마주할 수 있을까?'

무덤을 파헤치고 나올 때만 해도 다시 가족을 만날 수 있다는 기대감에만 부풀어 있었다.

어째서 가족이 받게 될 충격은 생각지 못했던 것일까?

엘리베이터 문이 열렸다. 내 걸음은 내 의지와는 무관하게 '1505호'로 향했다. 복도로 난 하얀 창에 그림자가 일렁거렸다. 그 방은 딸아이의 방이다. 딸의 웃음소리가 들렸다. 친구와 전화 통화라도 하는 모양이었다.

딸과는 많은 얘길 나누지 못했다. 어릴 땐 내 팔에서 떨어지지 않으려 했다. 하지만 중학생이 되자 딸은 제 엄마하고만 얘기했다. 나도 나대로 바빠서 일부러 시간을 내어 딸과 얘기할 여유까진 없었다. 물론 핑계다.

창에 비친 딸의 그림자를 보며 어째서 생전에 딸과 더 많은 얘길 나누지 못했을까 하는 후회가 밀려왔다. 그건 마음만 먹으면 언제라도 할 수 있는 일이었다. 나는 바쁜 척을 하며 딸이 먼저 내게 다가와주기만 기다렸던 것이다.

초인종을 누를지 말지 고민하고 있는데, 안에서 발소리가 나더니 문고리가 돌아갔다. 황급히 중앙 비상계단 쪽으로 달려갔다. 숨어서 지켜보니 쓰레기봉투를 든 아내가 엘리베이터 앞에 서 있었다. 반팔 셔츠에 파란색 롱스커트 차림이었다.

엘리베이터가 올라올 때까지 나는 꼼짝도 않고 웅크린 채 아내를 지켜봤다. 이윽고 엘리베이터 문이 열리고 아내가 빛 속으로 사라졌다.

한참을 기다리니 다시 엘리베이터 문이 열리고 아내가 나타났다. 아내는 양손으로 야윈 어깨를 감싸 쥐며 복도 모퉁이를 돌았다. 아내가 다시 나와서, "당신, 그런 데서 뭐해요?" 하고 나를 찾아주지 않을까 기대했지만, 아내는 영영 나타나지 않았다.

나는 돌아섰다. 컴컴한 계단을 걸어서 1층까지 내려갔다. 조금 전 잠깐이라도 아내를 봤다는 게 머나먼 꿈속의 일인 것처럼 느껴졌다. 아파트 주차장엔 여전히 사람이 없었다. 화단 가를 어슬렁거리던 고양이도 모습을 감췄다.

고개를 들어 '1505호' 쪽을 살폈다. 베란다 창은 하얀 형광등으로 빛났다. 빨랫줄에는 내가 생일선물로 사줬던 아내의 노란색 카디건이 널려 있었다.

2

조각 공원에 아침이 밝았다.

"어때? 지난밤엔 잠을 좀 잤나?"

남루한 겨울 양복을 입은 할아버지가 벤치에서 신문을 펼치며 말했다.

"악몽이라도 꿨던 거야?"

"악몽요?"

"끙끙대면서 잠꼬대까지 하는 것 같던데?"

"제가요? 설마요."

나는 깔고 누웠던 신문지를 접어서 그걸로 옷을 털었다.

"악몽이라도 좋으니…… 꿈이란 걸 한 번 꿔봤으면 좋겠네요."

내 말에 노인은 자조 섞인 웃음을 흘렸다.

"무리지. 우리 같은 사람에겐."

노인은 나와 같은 부류였다. 그도 되살아난 시체였다.

무덤에서 나온 첫날, 나는 정처 없이 밤거리를 걸었다. 걷다 보니 이 조각 공원이었다. 벤치에 누워 밤하늘을 올려다봤다. 이제부터 어떻게 해야 할지 아무런 계획도 잡히지 않았다. 다시 집으로 돌아갈까 하는 마음도 있었다. 무섭고 놀랄 일이긴 하지만 아내와 딸이라면 내 처지를 이해해주지 않을까? 입장이 바뀌어서, 만약 아내나 딸이 죽었다가 다시 돌아온다면 나는 무척 기쁠 것 같았다.

'그래, 오늘은 늦었으니 내일 날이 밝으면 찾아가 차근차근 설명해보자.'

그런 생각을 하고 있는데 멀리서 나이 지긋한 노인이 이쪽으로 걸어왔다. 나는 멀리 떨어진 다른 벤치로 자리를 옮기려 했다. 공원 관리인이라면 성가실 것 같아서였다.

"괜찮소. 난 이쪽 벤치를 쓰면 되니까."

노인은 부드러운 목소리로 말했다.

"여긴 관리인이 없으니 쫓겨날 일도 없어요. 하룻밤 자고 가기 안성맞춤이죠."

노인은 양복을 벗어 벤치에 깔더니 그 위에 누웠다. 처음엔 이 공원에 터를 잡은 노숙자로만 생각했다. 하지만 노인은 내 얼굴을 힐끗 보더니 묘한 말을 던졌다.

"아직 얼마 안 되셨군."

"예?"

"그래, 언제 나왔나? 일주일?"

"나오다니요?"

"무덤에서 말일세."

그제야 나는 노인의 얼굴을 똑바로 바라보았다. 싱글싱글 웃는 노인의 얼굴은 해골처럼 야위었고 두 눈은 피처럼 붉었다. 나는 흠칫 놀랐다. 아무리 봐도 노인의 두 눈은 붉은빛의 범위가 너무 컸다.

"눈동자 색으로 경과일을 알 수 있어."

노인이 말했다.

"경과일이라면……."

"무덤에서 기어 나온 시간 말일세."

"그럼 어르신도……?"

"난 이제 두 달 지났지."

노인은 팔을 베고 누워 하늘을 쳐다봤다.

"위암이었지. 틀림없이 병원 침대에 누워 마누라 손을 잡고 있었는데…… 눈을 떠보니 관 속이더군."

나는 노인의 야윈 체구를 보며 관을 부수고 나오느라 어지간히 애썼겠구나 싶은 마음이 들었다. 하지만 노인이 의외의 비밀을 알려줬다.

"그 단단한 관을 어떻게 부수고 나올 수 있었겠나?"

노인은 자신의 가느다란 팔을 들어 벤치 등받이 한쪽을 꽉 움켜쥐었다. 우지직, 하고 나무로 된 등받이가 바스러졌다.

"알겠나? 우린 되살아났을 뿐만 아니라 이런 괴력까지 덤으로 얻게 된 거야. 뭐, 이젠 이 힘을 쓸 데도 없지만 말이야. 하늘도 야속하지. 살아있을 때나 이런 힘을 줄 것이지."

노인은 그르렁거리며 웃었다.

"죽기 전에 하늘에 대고 빌었지. 제발 조금만 더 살게 해 달라고. 그랬더니 하늘이 '옜다!' 하고 이런 식으로 소원을 들어준 게야."

그리고 우리는 말없이 밤하늘만 바라보았다. 밤하늘 어딘가에 두고 온 아득한 그리움이 숨어 있기라도 하는 것처럼.

그 후로 나는 늘 노인과 붙어 다녔다.

"낮에는 이걸 쓰도록 하게."

노인이 건넨 것은 선글라스였다.

"자넨 아직 여유가 있으니 색이 연한 걸로 쓰게. 나 정도 되면 완전 새까만 걸 쓰지 않으면 안 되지만."

노인은 먼저 노숙자들이 모여 있는 역 앞으로 갔다. 그들은 모두 어딘가로 부지런히 움직였다.

"요 앞 성당에서 매일 아침 식사를 주거든. 늦으면 못 먹을 수도 있어."

우리는 노숙자들 틈에 끼어 성당으로 갔다.

성당에는 노숙자와 노인들로 바글바글했다.

"맛이 어떤가?"

한 숟가락 뜨자마자 노인이 묘한 미소를 지으며 물었다.

식단은 나쁘지 않았다. 쌀밥에 돼지고기 볶음, 콩나물국, 그리고 버섯조림이었다. 하지만 쌀밥 한 숟가락을 입에 넣고 씹자마자 도로 뱉어내야 했다.

"이런…… 품위를 지켜야지 이 사람아. 그러다간 쫓겨날 수 있어."

"하지만…… 모래를 씹는 느낌이었어요. 도저히 못 삼키겠어요."

"그럴 테지. 흙을 퍼먹는 기분일 거야."

그러면서 노인은 밥을 잘 먹었다.

"어르신은 괜찮으세요?"

"나라고 자네와 다를 게 있겠나? 억지로 먹는 척하는 거지."

나는 돼지고기 한 점을 입에 넣었다. 헝겊 조각을 씹는 기분이었다.

"도저히 못 먹겠어요."

"먹어도 안 죽으니, 걱정하지 마."

"예?"

"그렇잖아? 이미 죽었는데 뭐가 무서워?"

식사 후 성당 뒤뜰에 앉아 공짜 자판기 커피를 마셨다.

"흙탕물을 마시는 것 같아요."

"연습을 해야 해. 나를 봐. 정말 맛있게 먹는 것 같지 않나?"

노인은 마치 커피 광고라도 찍듯이 천천히 음미하며 마셨다.

"대체 왜 이런 맛이 나는 거죠? 입맛이 변한 건가요?"

"당연하지. 우린 저들과 다른 몸이잖아. 같을 수 없겠지."

노인이 턱 끝으로 성당 식당을 가리켰다. 그곳엔 아직도 밥을 먹는 노숙자들로 북적였다. 그들은 정말 맛나게 식판을 비웠다. 흰 쌀밥도 돼지고기 구이도 그 속에 담긴 '맛'은 살아있는 자들에게만 주어지는 '선물'이었다.

"알겠나? 맛이라는 특권을 더 누리고 싶었다면 안 죽었어야지."

노인이 말했다.

"생각해보게. 우린 이미 죽은 자들이야. 먹지 않아도, 마시지 않아도, 죽지 않는 몸이라고. 그런 이들에게 '맛'이라는 건 사치잖아. 안 그래?"

"하지만……."

왠지 억울해서 항변했다.

"그럼 어째서 어르신은 이런 곳까지 와서 식사를 하는 겁니까? 맛도 느낄 수 없는데, 억지로 맛있는 척하고…… 이런 수고를 하는 이유가 뭐냐고요?"

"그야…… 인간처럼 보이고 싶어서겠지."

"……."

노인은 다 먹은 종이컵을 쓰레기통에 넣으며 일어섰다.

"그러니 자네도 노력하게. 부지런을 떨며 인간다운 척을 해야 그나마 인간처럼 보이기라도 하지, 안 그럼 영락없는 괴물이 되고 말 걸세."

식사 후 노인이 나를 데려간 곳은 구립 도서관이었다.

"여기만큼 시간 때우기 좋은 곳도 없지. 어때? 자넨 책 좀 읽는 편이었나?"

노인은 종합 자료실로 가서 무협지를 잔뜩 쌓아놓고 읽었다.

나는 소설 코너로 가서 신간 소설 몇 권을 뒤적거렸다.

하기야…… 책이라고는 한 장도 읽지 않았다. 대학생 때까진 미술 관련 서적이나 현대 소설을 꽤 읽었다. 하지만 출판사에 취직하고부터 과도한 업무에 시달리느라 책 한 장 읽을 시간이 없었다. 그쪽으로는 관심조차 두지 않았다.

아내도 마찬가지였다. 원래 그녀는 시를 좋아했다. 대학교

교지에 시 몇 편이 실렸을 정도로 시 창작에 푹 빠져 있었다. 아내는 자기 이름으로 된 시집 한 권을 내는 게 꿈이었다. 그 꿈이 현실과 부딪혀 보험설계사라는 엉뚱한 직업을 갖게 되었지만……. 보험설계 일을 하며 아내는 한 번도 시집을 읽거나 시상을 떠올린 적이 없었을 것이다.

점심때가 되자 노인이 나를 불렀다.

"가자고."

"또 밥입니까?"

"아니. 점심은 빵이야."

도서관 옆 경로당에서 점심때마다 빵과 우유를 나눠준다고 한다.

"역시 도저히 못 먹겠어요."

내가 고개를 흔들자 노인은 내 몫을 자기가 먹었다. 그리고 자기 몫은 근처 슈퍼마켓에 가서 반값에 팔았다.

"돈이 무슨 소용이 있다고요?"

"품위유지비야."

"품위유지비요?"

"자네도 이 생활을 언제까지 하게 될지 모르니, 품위유지비는 마련해두는 게 좋을 거야. 치약이나 속옷 정도는 사야 할 게 아닌가?"

"……."

"이따가 저녁때는 국수를 먹으러 갈 거야. 거긴 돈도 오백 원씩 준다네. 늦게 가면 못 받을 수도 있어."

"관두세요!"

나는 버럭 소리를 질렀다.

"이렇게 살 순 없어요. 정말 이렇게 노숙자처럼 살 순 없다고요."

나는 노인을 쏘아봤다.

"전 돌아갈 거예요."

"뭐?"

"아내와 딸이 기다리는 집으로 갈 거라고요."

"어리석은 선택은 하지 말게."

노인은 말없이 선글라스를 벗었다. 그리고 시뻘건 눈으로 나를 쳐다봤다.

"내가 한 실수를 되풀이하지 말란 얘기야."

"예?"

"난 무덤에서 나온 첫날, 곧장 집으로 갔었지. 어떻게 됐을 것 같나?"

"……."

"밤 아홉 시쯤이었고, 아내와 아들과 며느리는 거실에서 티

되살아난 시체들의 도시 **275**

타임을 갖고 있었지. 내가 현관문을 열고 그들 앞에 나타나자마자 아내와 며느리는 거품을 물고 기절했어. 아들은 너무 놀라 고함을 내지르며 골프채를 휘둘렀어. 자고 있던 손자 녀석은 달려 나와 자지러지게 울더군. 아수라장이었지."

노인은 다시 선글라스를 썼다.

"알겠나? 내가 평화롭던 그들의 일상을 지옥으로 만든 거야. 평생 잊을 수 없는 공포와 고통을 안겨다 준 거라고."

노인은 길가에 핀 들모란을 보며 조그맣게 말했다.

"그들에게 우린…… 이미 죽은 사람이야."

나는 노인의 말을 따랐다. 집에 가지 않았다. 조각 공원에 머물며 노숙자들과 하루를 같이했다.

아침이 되면 성당으로 가서 무료 배식을 받았다. 모래같은 밥을 억지로 입에 밀어놓고 맛있는 척을 했다. 식사 후엔 구립 도서관에서 거의 온종일 시간을 때웠다. 그곳에서 동서양의 고전 문학을 탐독했다. 살아있을 땐 읽지도 않았던 톨스토이, 헤밍웨이, 소세키 전집을 완파했다. 어쨌거나 우리에게 남아도는 건 시간뿐이었으니. 그렇게 일과가 정해지니 하루하루 버틸 만했다.

다만 밤이 되면 괴로움이 밀려왔다. 우리는 먹지 않고, 마시지 않고, 잠도 자지 않았다. 눈을 붙여도 잠이 오지 않았다. 뒤엉킨 실뭉치 같은 사념이 머릿속을 맴돌 뿐, 아무리 노력해도 잠을 잘 수 없었다.

나는 꿈을 꾸고 싶었다. 꿈속에서만 아내와 딸을 만날 수 있을 테니……. 하지만 맛이 소멸했듯, 꿈도 소멸했다.

신은 우리 같은 부류에겐 꿈도 불필요하다고 생각했던 걸까?

나는 신을 저주했다. 무덤 속에 고이 내버려두지 않고 왜 이런 모습으로 살아가게 만들었나? 꿈까지 못 꾸게 할 거면 왜 살아 꿈틀대게 만들었나?

"이것 좀 보게."

노인이 읽던 신문을 내게 건넸다.

"재미난 기사라도 실렸어요?"

신문 첫 면에 대서특필로 실린 기사가 눈에 들어왔다.

'파헤쳐진 무덤, 사라진 시체들'

"뭡니까, 이게?"

"말 그대로지. 우리 같은 부류가 점점 늘고 있다는 얘기 아니겠어?"

"어째서 이런 일이……."

정부와 관리 당국은 이 일을 '시체 훼손' 범죄 정도로 보고 있었다. 하지만 몇몇 목격자들의 괴이한 제보가 잇따랐다. 어느 묘지기는 무덤을 파헤치고 시체가 걸어 나오는 모습을 봤다고

했다. 또 어떤 이는 죽은 엄마가 한밤중에 창문을 두드렸다고
했다. 언론은 쉬쉬하고 있지만 인터넷을 중심으로 '되살아난
시체 괴담'은 빠르게 전파됐다.

그날 이후 노인과 나는 노숙자 틈에 섞여 있는 '그들'을 발견
했다. 그들은 우리처럼 노숙자 틈에 섞여 노숙자와 하루를 함
께 보냈다. 그들도 우리를 알아봤다. 하지만 서로 모르는 척
했다.

생각해보면 '첫날 밤' 내가 노인과 만나게 된 것도 우연이 아
니었다. 그 무렵부터 이미 공원, 역 앞, 지하도 같은 곳엔 되살
아난 시체들이 일상의 바깥을 맴돌고 있었던 것이다.

3

일은 터지고 말았다.

'방역 당국, 군경 협력으로 대대적인 괴물 소탕 작전!'

언론에선 우리를 '재생 바이러스 감염자'로 불렀다. 인터넷
에선 '시체'로 불렀다. 그러다 '괴물'로 명칭이 바뀐 데에는 그럴
만한 사건이 있었다.

요 한 달 사이 감염자는 기하급수적으로 늘었다. 무덤에서

나온 그들은 빠르게 노숙자들 속으로 숨어들었다가 나중에는 노숙자들을 밀어내고 자기들끼리 뭉쳤다. 인간들 틈에 섞여 인간인 척하려 했던 처음의 시도도 사라졌다. 결국 그들은 인간과 다른 존재였고, 외모에서 확연히 구분됐다. 그런 노력은 애초에 무의미했던 것이다.

감염자들은 단체로 몰려다니며 아무 일도 하지 않았다. 먹지도, 마시지도, 자지도 않았다. 그저 그늘진 곳에 멍하니 앉아 먼 산과 지나가는 사람들만 쳐다봤다.

시민들은 그들을 불편하게 여겼다. 출퇴근길 지하도나 역 근처에 진을 치고 있는 그들을 바라보는 눈에는 두려움과 혐오감이 동시에 담겨 있었다.

사태가 이 지경이 될 때까지 방역 당국은 '시체가 되살아난다는 건 있을 수 없는 일이다'라는 입장만 고수하다 네티즌과 시민들에게 늑장 대응이라는 질타를 받았다. 뒤늦게 수습에 나선 방역 당국은 '그들'이 새로운 바이러스인 '재생 바이러스'에 감염됐다고 말하며 격리 조치에 들어갔다.

여기서 충돌이 빚어졌다. 강제 연행을 거부한 감염자 한 명이 보건부 직원의 얼굴을 후려쳤다. 그 직원은 턱이 떨어져 나갔다.

이제 진압은 거칠어졌다. 대규모 경찰력이 동원됐다. 경찰은 물 대포를 쏘고 진압봉을 휘둘렀다. 어차피 상대는 '인간'이 아니라고 판단했다. 의학적으로 봐도, 사회 윤리학적으로 봐도 '생명이 없는 존재'였다.

경찰 진압이 강력해지자 감염자들의 반발도 거세졌다. 감염자들은 집단으로 경찰에 대항했다. 그들은 경찰차를 파괴하고, 경찰을 공격했다. 그간의 분노가 폭발한 것이다.

경찰 사상자가 백여 명에 달하자 시민들의 불안과 공포는 극에 달했다. 학교, 관공서, 회사 등에 임시 휴업령이 내려졌다. 사람들도 언론도 더는 감염자라는 표현을 쓰지 않았다. 괴물이라 불렀다.

정부는 더욱 강력한 대책을 내놓았다. 군경 합동으로 '특별 전담반'을 만들어 대대적인 괴물 소탕 작전에 나섰다. 가장 확실한 방법은 화염방사기로 태우는 거였다. 화장한 시체가 되살아난 경우는 한 번도 없었기 때문이다.

화염방사기와 소총을 든 특별 전담반이 거리 곳곳을 활보했다. 지하도나 역 근처에 숨어 있던 시체들은 전담반이 나타나면 바퀴벌레처럼 사방으로 흩어졌다. 하지만 전담반의 포위망을 쉽게 뚫진 못했다. 그들은 결국 불타서 소멸되거나 소총에 사지가 갈기갈기 찢겨져 제거됐다.

시체들은 빠르게 줄어들었다.

"우습군요. 이미 죽었는데 또 죽이려는 꼴이란."

내 말에 노인은 입꼬리를 올리며 웃었다.

"차라리 잘된 일인지도 모르지. 할 수만 있다면 다시 무덤 속으로 들어가고 싶었는데, 저들이 알아서 수고를 덜어주는 거잖아."

"그래도 이건 너무하잖아요? 우린 아무런 피해도 끼치지 않고, 그저 조용히 앉아 있기만 했다고요. 가족에게 피해를 줄까봐 집에도 가지 않고 도시의 변두리에서 죽은 듯이 지내고 있었는데 왜 저 난리를 피우는 거냐고요!"

"저들 입장도 이해해줘야지. 죽은 사람은 조용히 죽어 있어야 산 사람이 살아갈 수 있는 거야. 죽은 사람이 되살아나 산 사람 속에 섞여 있으면 사회 질서가 무너질 수밖에 없어."

"젠장, 그게 우리 탓이냐고요? 우리라고 이러고 싶어서 이렇게 된 겁니까?"

우리는 버려진 건물 지하실에 숨어 있었다. 이제 노인의 눈은 전체가 붉게 물들었다. 피부도 뼈와 하나로 붙어 미라 같은 모습을 하고 있었다.

"그런데 말이야……."

노인이 조그만 목소리로 중얼거렸다.

"어째서 우리는 이렇게 움직일 수 있는 걸까?"

"예?"

"당국에서는 재생 바이러스니 어쩌니 말도 안 되는 헛소리를 지껄이지만……, 가만히 생각해보니 난 이런 생각이 들더라고."

"……."

"우리가 움직이는 건 우리 의지가 아니라 우리 머리 위로 삐죽이 삐져나온 뭔가가 우릴 조종하고 있기 때문이 아닐까 하는 생각."

노인이 번들거리는 붉은 눈으로 나를 쳐다봤다.

"마리오네트처럼 말이야. 뭔가가 우리 위에서 우릴 움직이고 있는 거야. 그러면 다 말이 되지 않나?"

"뭐가 말이 돼요? 터무니없는 상상이에요."

"아냐. 조종당하는 인형이라면, 안 먹고, 안 자도, 움직일 수 있다는 게 말이 되지 않나?"

인형……, 인형은 꿈도 꾸지 않는다.

"하지만 우리가 조종당하는 거라면 대체 누가…… 어떤 존재가 우리를 이렇게까지……."

그때 멀리서 폭발음이 들렸다.

노인은 지하실 쪽창으로 바깥을 살폈다.

"전담반이 여기까지 왔네."

"뒤, 뒷문으로 도망칩시다."

"자네 혼자 가게. 난 저들과 대항하며 시간을 벌겠네."

"예? 그러지 않아도 돼요. 같이 도망칩시다."

"이젠 지쳐서 그래. 더는 조종당하고 싶지 않아."

노인이 허탈한 미소를 지었다.

"이쯤에서 끝내고 싶어."

노인은 계단을 올라 지하실 문을 열고 밖으로 나갔다. 그것이 내가 본 노인의 마지막 모습이었다.

나는 뒷문으로 달렸다.

'이쯤에서 끝내고 싶어.'

노인의 그 말은 내 심정이기도 했다.

나는 이미 죽었다. 그래서 더는 죽음이 두렵지 않았다. 살아가야 할 이유 또한 상실했다.

그런데도 내가 달리는 이유는…… 마지막으로 보고 싶은 얼굴이 있기 때문이다. 처음부터 그것만이 내가 되살아난 유일한 이유였다.

지상으로 나오니 여기저기 도망치는 시체들이 보였다. 나도 그들 뒤를 따라 열심히 달렸다.

거리엔 늦은 오후 햇살이 나른하게 쏟아졌다. 노란 햇살 너머로 어릴 적 뛰어놀던 골목길이 아른거렸다. 등 뒤에선 전담반의 고함, 군화 소리, 총소리가 뒤섞여 들렸다.